미네르바의 부엉이

미네르바의 부엉이

발행일   2023년 3월 13일

지은이   최돈열
펴낸이   손형국
펴낸곳   (주)북랩
편집인   선일영   **편집**   정두철, 배진용, 윤용민, 김부경, 김다빈
디자인   이현수, 김민하, 김영주, 안유경   **제작**   박기성, 황동현, 구성우, 배상진
마케팅   김회란, 박진관
출판등록   2004. 12. 1(제2012-000051호)
주소   서울특별시 금천구 가산디지털 1로 168, 우림라이온스밸리 B동 B113~114호, C동 B101호
홈페이지   www.book.co.kr
전화번호   (02)2026-5777   **팩스**   (02)3159-9637

ISBN   979-11-6836-767-8 03810 (종이책)   979-11-6836-768-5 05810 (전자책)

(주)북랩 성공출판의 파트너

북랩 홈페이지와 패밀리 사이트에서 다양한 출판 솔루션을 만나 보세요!

홈페이지 book.co.kr   •   **블로그** blog.naver.com/essaybook   •   **출판문의** book@book.co.kr

작가 연락처 문의 ▸ ask.book.co.kr

작가 연락처는 개인정보이므로 북랩에서 알려드릴 수 없습니다.

미네르바의 부엉이

닥터 돈크라테스

 북랩

인생은 긴 여행이다.

그 여행길 틈틈이 산책을 통해

과거를 만나고

여행을 통해 미래를 만나며 순례를 통해

마음과 만난다.

그렇기에 산책과 여행과 순례는

공간의 이동인 동시에

시간의 이동이며

마음의 행로이기도 하다.

- 본문 중에서 -

프롤로그

삶은 인간과 시간과 공간이 버무려지며 역사를 만들어가는 과정이다. 무수한 별들로 가득한 우주와 그 별들 중에서 지구라는 행성의 어느 한 모퉁이, 대자연 속에서 빛의 속도로 변화 하는 문명과 더불어 살며 고뇌하며 정처 없이 걷다가 보니 그족적 마저도 있는 듯 없는 듯 여기까지 왔다.

그 너머에는 무엇이 있는지 어떤 일이 일어날지 모른다. 굳이 생각해서 무엇하랴. 다시 걷다가 보면 무언가가 또 생각이 나고, 우리를 둘러싸고 있는 환경과 온갖 사물은 변화를 거듭할 것이다.

수일간의 세미나를 마치고 곧 인천국제공항에 도착한다. 가끔 등받이에 몸을 기대고 조심스럽게 노곤한 기지개를 켜면서 푸른 창공과 날개 아래로 가없이 펼쳐져 있는 구름을 본다.

내 삶의 방식은 과연 옳았던 것일까? 그 여정의 의미는 무엇이었을까? 도전과 열정이 있는 삶을 원했고, 설렘이 있는 순간들을 사랑했다. 철없으면 철없는 대로 살다가 이승의 소풍을 마치리라는 생각도 했다.

그런 한편 살아오면서 줄곧 염두에 두고 있었던 것은 세상에 태어나서 후세들이 두고두고 자랑으로 여기거나 가능한 한 오래 기억해 줄 흔적 한가지쯤은 남겨 두어야 하지 않겠는가 하는 것이었다.

태를 묻은 고향을 튕겨지듯이 떠나 뛰어나거나 아름다운 궤적을 그려왔던 삶은 아니었다. 미숙하고 서툴고 협량했던 내 영욕의 시간들을 그나마 이렇게라도 토설하며, 함께 살아온 세상의 인연들에게 용서와 양해를 구하고 싶었는지도 모른다. 이 책을 펴내는 사유라면 사유다.

　　출간을 위해 그간 써온 천여 편의 글을 정리하는 기간은 나를 찾아 떠나는 시간여행이었다. 지난했던 삶을 반추해보고 인간의 조건과 존재의 의미, 삶의 가치와 품격을 생각해 보는 나날이기도 했다. 기억을 찾아 거친 길을 거슬러 오르내리기도 했고, 이미 흔적조차 없는 상흔들을 들추기도 했다.

　　독자층을 두고 고심했으나 따지지 않기로 했다. 이타적이든 배타적이든 그 역시 고민에서 탈출시켰다. 휘적휘적 달을 보고 길을 걷는 나그네처럼, 갈바람에 흔들리는 풀잎처럼 내키는 대로 마음을 담기도 하고, 그래놓고 보니 너무 부족한 듯 싶어서 다듬고 또 다듬으며 정성을 다했으나 부족한 부분도 많을 것이다.

　　동양에서는 부엉이가 부의 상징이고, 유럽에서는 지혜의 상징이다. 이 책을 읽어주시는 모든 분에게 부디 부와 삶의 지혜가 충만하기를 기원한다.

　　또한, 이 책을 출간하기까지 도움을 주신 모든 분께 깊이 머리 숙여 감사드린다.

2022. 12.
북한강변 서재에서

2장 삶이 그대를 속일지라도

3장 첫사랑 주의보

4장 시네마 천국

5장 광화문에서

6장 길위의 인생

7장 식객食客

10장 흐르는 강물처럼

1장

길 위에서 길을 묻다

좀 궁상맞으면 어떤가. 궁리가 곧 생각이 아니던가.
궁리하고 상상하라.
나는 배움의 나이에 있는 이들에게 몽상가라는 놀림을 받아도
괜찮으니 걸으면서 사색하라고 말한다.
어차피 인생은 길을 가는 것이 아니던가.
그래서 인생길이라 했다.
걷다가 보면 문제도 보이고 답도 보인다.
상상에 용기와 열정을 더하면 현실이 된다.

가보지 않았던 길

우리는 오늘도 평생을 두고 가보지 않았던 길을 걸어갑니다.
단 한 번도 가보지 않았던 길입니다.
결코 포기되어지지 않는 길
피할 수도 놓아버릴 수도 없는 길
숙명의 길입니다.

다시는 돌아올 수 없는 길을 우걱우걱 걷는 사람들의 길
그것이 인생입니다.

우리가 지난 온 길은
긴 터널 같은 암울함도 있었지만

햇살 찬연한 너른 벌판도 있었습니다.

우리가 더 걸어야 할 길은
가보지 않았기에
어떤 길이 펼쳐질지 아무도 모를 일입니다.

향기롭고 따뜻한 사람들을 만나 함께 꿈을 가꾸어 가거나,
유토피아는 아닐지라도 푸른 숲 사이로 햇살이 비치며 강변을
따라 싱그러운 바람이 일고, 어디에선가 저녁 종소리가 밤마다
총총한 별을 불러오는 우리가 꿈꾸어온 소박한 길일 수도
있습니다.

길섶의 이름도 모를 작은 꽃 한 송이에도 짙은 호기심이
발동하기도 할 것이며
언뜻언뜻 수관 사이로 희망의 빛도 비춰질 것입니다.

때로는 길을 잃고 방황하거나
깊고 거센 강을 만나 절망에 빠지기도 하고
지친 무릎을 끌며 높은 언덕을 넘어야 할 때도 있을 것입니다.

하지만
심장이 뛰고

새로운 길을 걸을 기대로 마음의 설렘이 있는 한

다시 한번 신발 끈을 조여 매고

우직한 소처럼 뚜벅 뚜벅 그 길을 향해 떠나 봐야 하겠습니다.

그리고 많은 세월이 흐른 후 어디에선가 그 길을 돌아보며 말할

것입니다.

그때 그 숲속에 몇 갈래 길이 있었지만

사람들이 덜 다닌 길을 선택해 걸었노라고…

석기인石器人

대여섯 살은 됐을까? 세상에 태어난 후 내게 남아있는 가장 오래된 기억은 햇살 눈 부신 어느 초가을 한나절, 아버지가 마당에서 누렇게 잘 익은 벼로 알곡을 만드는 모습이다.

나무로 된 지게 같이 생긴 키 낮은 삼발이인 '개상' 위에 놓인 둥글고도 넓적하게 잘생긴 돌 기구, 웬만큼 성장해서야 그것을 뭉뚱그려 '탯돌'이라고 부르는 것을 알았다.

그러니까 짚으로 이은 멍석을 마당에 깔고 개상 위에 탯돌을 놓고 오로지 사람의 힘만으로 태를 쳐서 알곡을 거두는 모습이 내 인생 최초의 기억인 것이다. 그리고 그 알곡은 돌로 만든 절구통에 들어가 햅쌀이 되었고, 그것은 다시 디딜방아를 통해 눈같이 하얀 가루가 되어 어머니의 정성스러운 손길로 추석 송편으로 빚어져 차례상에 올라 조상께 바쳐졌다.

　물론 낫과 삽, 괭이와 무쇠솥을 비롯해 철기를 사용한 농경문화가 함께하기는 했지만, 단순히 당시 추수하는 모습은 교과서에서 보던 먼 옛날 석기시대 우리 조상들의 모습과 조금도 다를 바가 없었다.

　이후에 철기인 톱니를 이용해 벼를 훑는 '홀태'가 나오고, 동력이라고 해도 손색이 없는 발로 밟으면 원심력이 작용해 와롱와롱 소리를 내며 돌아간다고 해서 이른바 '와롱기계'라고 이름이 붙여진 탈곡기가 등장했는데, 이 탈곡기의 등장은 우리나라 농경사회에 혁명이라고 불릴만한 일대 사건이었다.

　195, 60년대만 해도 우리의 조상들은 가족들이 일용할 양식을 얻기 위해 천수답일지언정 둑을 쌓아 논을 만들고, 동네 장정들이 품앗이로 갈잎을 꺾어 비료를 대신했는가 하면, 소를 이용하여 가래질한 논에 모를 내어 벼를 심어 가꾼 다음 지게로 수확된 농작물을 이동시켜 도리깨질로 알곡을 만들었다.

　부싯돌로 아궁이에 불을 지피고, 무명옷을 입고 대바구니와 옹기그릇에 옥수수와 감자를 담아 먹던 호모 사피엔스_Homo Sapiens_가 바로 6, 70여 년 전 우리들의 모습이 아니었던가. 그럼에도 지금 이 시대를 살아가는 5, 60대 이후의 세대들마저도 석기시대 말末에 태어난 '석기인石器人'이라는 사실을 까마득히 잊고 살아가고 있다.

　그럴 수밖에 없는 것이 한반도에 보따리를 풀어놓고 문명과 담을 쌓고 살았던 인류의 한 종種은 장구長久한 역사의 어느 한 모퉁이, 미개하고 진부한 삶을 개선하려고 부단히도 투쟁했던 선조들의 성취 덕으로 문명의 결정체인 세계에서 가장 좋은 품질의 스마트폰을 당연한 듯 들고 지구촌이 온통 제집인 양 누비고 다니며 신유목민*New Nomadism*의 세상을 구가하고 있기 때문이다.

그러면서 말한다.

"말도 안 돼! 우리가 석기시대에 태어났다고?"

7월 7일생

그해 어느 무덥던 여름 한나절 한 생명이 세상에 태어났다. 아이의 아버지는 비망록에 이름은 비워둔 채 7월 7일 오시午時라고만 적었다.

사방은 깜깜하고 더구나 방안은 후텁지근했다. 전래 된 대로 산모는 바람을 맞으면 안 되었고, 곧 태어날 아이가 눈이 부실까 염려해 문마다 미리 장막처럼 담요를 둘러쳤기 때문이었다.

어머니의 뱃속을 나와 새로운 세상을 만난 아이는 너무도 신이 나서 야호! 하고 목청껏 소리를 내질렀는데 출산을 도운 가족들에게는 큰 울음소리로 들렸다고 전했다.

아이의 귀가 쫑긋하자 어디선가 작은 시내가 흐르는 소리가 들렸고, 한 번 더 쫑긋하자 마당 앞의 오얏나무 가지에서 이름도 모를 새들이 조잘거리는 소리도 들렸다. 울기를 잠시 그치고 크게 심호흡을 하자 라일락 짙은 꽃향기가 코끝으로 전해왔다.

살짝 열린 문틈으로 햇살을 가득 머금은 녹색의 나뭇잎들이 반짝였으며, 앞뜰에는 백일홍과 분꽃 채송화가 저마다 무리를 지어 피어있었다. 외양간에서 한껏 게으른 황소 울음소리와 수탉 홰치는 소리가 나자 아이는 살짝 긴장하는 모습을 보이기도 했는데 살포시 불어오는 살가운 바람에 문은 이내 닫히고 말았다. 하지만 언뜻 선仙바위께 가없이 열려 있는 옥같이 푸른 하늘에 희디흰 구름이 떠 있던 풍경은 재빨리 기억 속에 갈무리해 뒀다.

찰나의 세상과 만남은 아이를 호기심으로 가득 차게 했다. 방 바깥의 모든 것들이 궁금해 오기 시작한 것이다. 아버지와 어머니의 모습은? 형과 누나들은 몇 명일까?

아이는 어머니 배 속에 있을 때 가끔 귀를 찢을 듯 한 쐐~엑 하는 소리와 옥수수를 튀기는 듯한 진동을 느꼈고, 그때마다 심하게 이리로 저리로 쏠려 다니곤 했었다.

세상에 태어나서 얼마나 시간이 지났을 때야 그것이 전쟁 통에 미군 전투기 쌕쌕이가 공습을 위해 날아다니고 인민군이 마을 산을 타고 쳐들어오면서 낸 총소리였다는 것을 알게 됐다. 어머니의 뱃속이었지만 얼마나 놀랐는지 다른 형제들과 달리 아이의 눈은 유난히 크고 동그랬다.

전쟁 막바지에 한 생명을 뱃속에 품은 어머니는 무거운 몸으로 전투기의 폭격과 인민군을 피해 피난 다니느라 무척이나 힘들고 고

달팠을 것이다. 하지만 태어난 지 20일째 되는 날 어머니는 아이를 무릎에 앉히고 젖을 물리며 말해줬다.

"얘 휴전이 되었단다. 휴~ 이제 살았구나."

하지만 아이는 귓전으로 흘려들으며 어머니의 젖 냄새를 맡으며 스르르 잠이 들었다. 아이는 휴전둥이다. 아버지와 가족들은 전란 중에 일곱 번째 생명이 탄생함을 기뻐했지만 어쩌면 그 일은 영악스럽고 말썽꾸러기인 한 악동의 탄생이기도 했다.

공교롭게도 그날은 견우와 직녀가 만나는 날이었다.

점들을 이어서 *Connecting the Dots* …

"우리는 현재의 사건들이 미래의 어떤 것으로 연결되어 있다는 믿음을 가져야만 합니다. 그것이 신념이든, 운명이든 말입니다."

익히 잘 알고 있는 애플의 창업자 스티브 잡스가 2005년 6월 미국 스탠퍼드대 졸업식에 초청을 받아 한 유명한 연설문 중에 한 구절이다.

그는 그날 축사에서 자신이 살아온 이야기를 담담하게 연설로 이어간다.

"대학을 자퇴한 후, 청강한 과목 중에 손글씨 과목이 있었고 그때, 세리프*serif*, 산세리프*san serif*와 같은 서체를 알게 되었다. 그러나 그 당시에는 그 서체의 아름다움에는 매료되었지만 인생에 도움이 될 거라는 희망은 없었다. 그리고 10년 후에 첫 매킨토시 컴퓨터를 만들면서 그로 인해 다양한 서체를 선택할 수 있고, 자간을 띄우고 맞출 수 있게 했다."

만일 잡스가 대학을 자퇴하지 않았더라면, 그래서 손글씨 과목을 수강하지 않았다면 우리는 컴퓨터에서 지금 같은 아름다운 서체들을 만나지 못했을지도 모른다. 젊었기에 더 참담했던 백수의 시간이었지만 그는 아무 의미가 없을 것 같은 서체를 공부하게 되었고, 희망이라 생각하고 찍은 점은 아니었지만 우연히도 그 의미를 부여하지 않은 점들이 연결되어 인류에게 유용한 위대한 사건을 만들어 낸다.

초등학교 '자연' 시간에 우리는 '점 잇기'를 했던 기억이 있다. 밤 하늘 별들을 연필에 침을 묻혀 가며 이어가면 삼태성도 되고 북두칠성도 되고, 견우도 되고 직녀도 되었다. 하늘 동물원도 짓고 하늘 식물원도 지었다. 점과 점을 연결해 차츰 모양이 갖추어져 가는 천문놀이 같은 삶은 우리도 인식하지 못하고 있는 가운데 문명과 추억이 되고 그 순간순간의 생활들이 이어져 인생이 된다.

오늘 하루, 반드시 결론을 끌어내는 어떤 의미를 두지 않아도 된다. 하지만 의미 있는 사건이 있었다면 더 좋아질 일이다. 하루하루 찍은 점은 하나의 선으로 이어져서 당신의 인생이 된다.

오늘 하루도 누구나 인생의 점을 하나 찍는다. 당신은 오늘 어떤 모양, 어떤 색깔의 점을 찍었는가.

지각 인생

"남들이 어떻게 생각할지 몰라도 나는 내가 '지각 인생'을 살고 있다고 생각한다."

방송인 손석희 앵커가 언젠가 뉴스브리핑을 하면서 스스로를 '지각 인생'이라고 술회한 적이 있다.

유명세를 치르고 있는 손석희 앵커와 나의 인생 역정을 비견할 수는 없지만 나 역시 어찌어찌하다가 보니 대학도 남보다 늦었고 친구들과 비교하면 사회진출도 수년이나 늦었다.

그 어찌 어찌란 고등학교를 졸업한 후 마침 불어닥친 산업화 물결 때문에 우왕좌왕 정체성의 혼란을 겪으며 짙푸른 청춘을 마치 벌레가 나뭇잎을 갉아 먹듯 그렇게 허비를 한 일이다. 피를 토하는 심정으로 내가 꿈꾸던 세상과 결별을 한 후, 지각 직장을 잡은 뒤 나이 마흔을 넘어서 가장 먼저 한 일은 전반의 인생을 통해 등한시 해왔던 공부를 다시 시작하는 일이었다. 뜨악해할 아내를 설득하기보다는 아내 모르게 저질러 버렸다.

마흔이 넘어서야 늦깎이로 대학에 입학하고 보니 어이없게도 큰 녀석과 대학 학번이 같을 뿐만 아니라 어느 해는 둘째 녀석까지 한 가정에 대학생이 세 명이나 있었던 시절도 있었다. 아내는 무척 힘들었을 것이다. 그렇지만 무엇보다도 절실했기에 치열했으면서도 행복한 대학 생활을 할 수 있었다. 아이들도 다행히 그런 지각쟁이 아버지를 좋게 봐주었다. 무모했지만 참 잘한 결정이라고 지금은 생각한다.

덕분에 은퇴 후 강단에서 밥을 벌어먹기도 했고, 그런 과정에서 정계에 입문하는 그들(?)의 말에 의하면 전혀 답지 않은 생뚱맞은 일도 저질렀다. 하지만 그런 소리를 들을 때마다 조금 억울하기도 하다. 왜냐하면 나는 작심하고 대학에서 정치학을 전공했기 때문이다.

고졸 출신의 직장인으로 절실함 때문이었는지 아니면 마음속에 늘 꿈틀거리던 학구열 때문이었는지 전문대를 거쳐 대학교, 2개의 대학원에서 석사과정과 박사과정까지 25여 년이 걸렸다. 초등학교에 들어가기 전에 다닌 한문 서당을 지금의 유치원으로 대체한다면 유치원, 초, 중, 고, 전문대, 대학 대학원까지 우리나라 학제라는 학제는 모두 거친 셈이다. 더구나 사이버 야간, 주간에 이르기까지 모두 섭렵했으니 스스로 생각해도 참으로 기구하거나 기특한(?) 학문의 길이었다.

그러나 결코 후회하지 않는다. 겸손치 못한 언사이겠지만 우리나라 가장 오지 중의 한 곳인 첩첩 산골 농사꾼의 자식으로 태어나 박사학위의 영예를 부모님의 산소 앞에서나마 고할 수 있었으니 야속하리만치 부모 형제와 주위의 속을 썩인 악동의 반전이요. 가문의 영예가 아니겠는가.

"혹 앞으로도 여전히 '지각 인생'을 살더라도 그런 절실함이 있는 한 지난 인생, 후회할 필요는 없을 것 같습니다."

마무리로 정리한 이 말은 내가 한 말이 아니고 어느 날 대담 프로그램에 나왔던 손석희 앵커의 클로징 멘트였다.

Me Too….

나는 '따지' 하더라도…

　　어린 시절을 보낸 곳은 밤이면 등잔불을 켜야 했던 산간벽지였
지만 부모님을 잘 만난 덕에 또래보다 일찍 문자를 익힐 수 있었다.

　　라디오도 TV도 없던 시절, 그나마 외부의 소식을 접하는 수단
은 신문밖에 없었는데 윗동네 아랫동네를 망라하고 신문을 구독했
던 집은 우리 집뿐이었던 듯싶다. 집배원이 매일 신문을 배달을 해
주던 시절이라 배달된 신문을 신줏단지 모시듯 남들의 손을 타지
않는 선반 위에 올려놓아 일을 마치고 돌아오신 아버지가 보시도록
챙겨두는 일은 막내인 나의 몫이었다.

　　신문의 제호가 한반도 지도 형상 위에 한자로 찍혀있었기에 세
상에 태어나 가장 먼저 익힌 문자는 'ㅇㅇ日報'라는 한자였다.

　　아버지는 다섯 살 어린 것을 무릎에 앉히고 제호를 한 글자 한

글자 짚어가며 훈독訓讀을 해 주셨는데 상형문자여서였던가 나는 그렇게 익힌 한자 덕으로 신문을 읽게 되어 또래보다 일찍 세상의 문명과 마주하는 행운을 얻게 된다.

아버지는 세상을 일찍 깨친 분이시다. 내가 여섯 살이던 해에 아이들의 교육이 걱정되었던 아버지는 집 앞에 있는 아버지 소유의 빈집을 내주어 훈장을 초빙하고 서당을 열었다. 서당이 열리자 아버지는 그곳에 나를 입문을 시켜주셨는데 작은 사건(?)이 있었던 이후, 꼼짝없이 1년간 한문 수학을 하게 된다.

천자문에 나오는 첫 구절은 누구나 알듯이 '천지현황天地玄黃'이다. 그런데 훈장님은 '하늘 천天, 따 지地'라고 가르침을 주셨는데 나는 발칙하게도 '아니 왜 '땅'을 '따'라고 읽느냐' 고 훈장님께 따지듯 물었다. 그것도 서당 입학 첫날에 말이다.

그러자 훈장님은 '地'字가 땅을 뜻하기는 하지만 네 글자를 모아서(四字成語) 읽을 때는 '따'라고 읽는다고 수차례 강조했지만 서당에 다니지 않을 빌미를 찾던 이 맹랑하고 발칙한 꼬맹이는 그날 '땅'을 '따'로 읽는 바보같은 사람이 훈장이라고 아버지에게 고자질을 하며 서당에 더 이상 다니지 않겠다고 떼를 부렸다.

그러자 서당의 육성회장 격인 아버지는 훈장님께 이 같은 일을 전하는 말로 넌지시 건넸던 모양이다. 며칠이 지난 후, 싸리나무 가지를 다듬어 만든 회초리를 손에서 놓은 적 없는 그 엄한 훈장님은 뭔가 마땅하지 않은 듯 몇 차례 헛기침에 이어 턱수염을 수차례 쓰다듬더니 "당신은 오랜 습관 때문에 '따지'라고 하더라도 너는 네가 읽고 싶은 대로 '땅 지地'라고 읽어도 된다"고 특별하게 허락을 해주셨다. 지금 생각하면 참 어처구니없는 악동의 생떼였던 셈이다.

나중에 철이 들어서야 그 훈장님은 한학 경전 중 가장 상위의 원리서인 주역周易을 통달하여 귀신을 불러낸다고 할 만큼 학식이 높았던 분이었다는 것을 알게 되었는데…. 그때 못 이기는 체 한학자로서의 체면을 접어주셨던 훈장님.

"이제는 더이상 개뿔도 모르면서 시건방지게 땅지니 따지니 하고 따지지 않겠습니다."

하기야 이제는 그럴 기회도 없다. 다만 하늘나라에서 평안하게 영면하시기만을 빌 뿐이다.

행운아거나 기구하거나

인생이랄 것도 없던 어린 시절, 더 넓은 세상을 보려고 발끝을 곧추세우고 사방을 돌아봤지만 앞도 뒤도 양옆도 보이는 것은 첩첩산중이었다. 문명이라고는 전란이 남기고 간 대포 껍질이 종을 대신하고, 비라도 오는 날에는 이곳저곳에 양동이를 놓아야 하는 갈대로 지붕을 엮은 학교와 낡은 보자기 속에 담긴 교과서, 산판길을 오가는 제무시(미국 GMC에서 제작 수입된 트럭을 우리는 그렇게 불렀다)와 제무시의 뒷 꽁무니에서 나오는 회색의 매연이 전부였던 시절이었다. 악동들은 매연이 뿜어져 나오는 머플러에 코를 대고 그 문명의 배설물을 마음껏 들이키며 자랐다. 내 친구 중에는 물론 가난 때문이었지만 그 싸한 냄새에 매료되어 화물자동차를 운전하는 기술을 배워 운전을 하기도 하고, 성장해 화물업계로 진출해 성공한 친구들도 많다. 그 친구들은 소싯적에 화물차를 운전하면서 나보다 먼저 선진 문명과 마주했으니 스무고개처럼 몇 차례나 물어봐야 알만한 이름도 생소한 시골에서 생산된 무와 배추를 흙먼지 날리는 신작로를 벗어나 시멘트로 포장된 길을 따라 12시간여가 소요되는 서울의 채소시장에 실어날랐다. 야박한 세상 물정도 높다란 빌딩도 그들이 나보다 먼저 경험하고 만났다. 그리고 내가 단 한번도 가보지 못했던 미지의 세상, 서울을 다녀온 자랑을 과장되게 해 주곤 했는데 머나먼 남의 나라의 이야기인 듯싶었다.

그때 나는 그저 시골 냇가의 버드나무에 밑에서 풀을 뜯는 한 마리 순한 양에 불과했다. 선생님이 꿈을 가지라 이르기에 어떤 꿈을 꾸기는 했으나 거창한 것은 아니었다. 미래에 내 소유의 자동차를 운전하여 그럴듯한 직장에 출근한다거나 아파트라는 새로운 형태의 주거시설에 살면서 단출하게라도 문화생활을 하며 살아가리라고는 생각도 하지 못했다. 가끔 보잉기를 타고 평소 가보고 싶었던 나라를 여행하고, 주말에는 골프 라운딩을 한다거나 어떤 조직을 지휘하고 강단에 서서 학생들을 가르친다거나 하는 것은 더더욱 상상 밖의 일이었다.

보이는 것이 한정이라 그저 선생님만이 이 세상에서 가장 지위가 높고 훌륭한 사람인 줄 알고 그를 존경스러워하고 부러워했으며, 친구들과의 딱지놀이에 등장하는 대장과 원수나 쌕쌕이 조종사가 되는 막연한 꿈을 꾸었던 듯싶다. 전후 혼란기를 거쳐 이후 군인들이 정권을 잡고 나서는 이해하지도 못할 혁명 공약을 주문처럼 달달 외워야 했으며, 조금은 그 뜻을 알 것도 모를 것도 같은 국민교육헌장을 조회 때 마다 목청 높여 외쳤다.

"우리는 민족중흥의 역사적 사명을 띠고 이 땅에 태어났다. 조상의 빛난 얼을 오늘에 되살려 … 길이 후손에 물려줄 영광된 통일 조국의 앞날을 내다보며, 신념과 긍지를 지닌 근면한 국민으로서, 민족의 슬기를 모아 줄기찬 노력으로, 새 역사를 창조하자."

겨우 한글을 깨친 초등학생이 신념이니 긍지니 근면이니 하는 말뜻을 알 턱이 없었다. 돌아보면 인생 여정을 통해 줄기찬 노력으로 통일 조국을 건설하는 일을 제외하고는 알게 모르게 분명 새 역사를 창조하는데 일정 부분 기여는 했다. 그러나 나는 누구이며 무엇으로 어떻게 살아가야 하는지 정체성을 확고히 하지 못한 채 근대사의 거센 물결에 이리 쏠리고 저리 흔들리며 살아왔으니 어쩌면 무임승차한 행운아이기도 하고 한편으로는 입신에 실패한 기구한 팔자의 세대가 아니고 무엇이랴.

아버지의 눈물

1. 소년

"(우체부)아저씨, 그 편지 제가 대신 배달해 주면 안돼요?"

"음, 그럼 그러겠니?"

제복을 갖춰 입은 우체부는 받는 사람의 주소와 이름을 꼼꼼히 알려 주며 편지를 소년의 손에 쥐어 주었다.

소년은 우체부가 떠나기 무섭게 행여 우체부가 일러준 주소와 이름의 음운을 놓칠세라 편지봉투에 쓰인 한 자 한자를 나뭇가지를 꺾어 땅바닥에 복기하기를 여러 번, 비록 낡은 옷을 입었지만 눈빛이 형형한 소년은 그렇게 마을을 찾은 우체부의 편지 심부름을 도맡아 하며 한글과 한문 일본어에 이르기까지 글자를 익혀나갔다. 열서너 살 됐을까, 일제강점기 시대 나의 아버지 모습이다.

아버지는 나에게 큰 산이나 바위와 같은 존재였다. 아버지는 일제강점기에 찢어지게 가난한 농가에서 태어나 존경받는 농촌지도자이자 육종가로 부농의 꿈을 이루신 자수성가의 삶을 살았지만, 일찍이 교육 혜택을 받은 기회가 없었다. 글을 익히려는 열망은 간절했으나 산골에 학교도 선생님도 없었고, 있다 한들 집안이 워낙 가난해 학교에 다닐 경제적 여유도 없었던 터였다.

모두가 가난하고 국민의 90%가 문맹자였던 시대, 그렇게 문맹에서 탈출한 젊은 시절의 아버지는 대대로 내려온 가난에서 벗어나고자 노심초사했던 것으로 보인다. 그 결과 청년 시절, 아무나 엄두를 내지 못했던 일본의 농업실태를 돌아볼 기회를 갖게 되었고, 당시 선진화된 일본의 농업에 큰 충격을 받으셨을 것으로 추정된다.

아버지의 가슴에는 이런 꿈들이 자라고 있었을 것이다.

"농업은 메마른 대지에 생명을 불어넣는 일이다. 그리고 내 가정과 이웃과 인류를 구제할 식량을 생산하는 일이다. 우리 농촌을 꿀과 젖이 흐르는 파라다이스로 만들어보자."

2. 농업혁명

일본에 다녀오신 후 지금까지 농촌에서는 볼 수 없었던 부업이

달린 방 6개짜리 2층으로 된 기와가 얹힌 넓은 목가를 짓고, 집 뒤 밭 천여 평에 온통 과수나무를 심었다. 그리고 벌을 치고 양과 소를 길렀다. 아버지의 농장에는 양계는 물론 연못을 파서 양어장도 만들고 어렵사리 마련한 논과 밭에는 벼와 옥수수를 비롯한 온갖 특용, 소득작목들이 지천으로 자랐다. 집 주변 밭과 논은 온통 시험포였다. 어머니는 양잠은 물론 과일을 시장에 내다 파시며 한평생 아버지 뒷바라지를 하셨다.

앞서 기술했던 바, 일본을 다녀오신 후, 특히 육종에 관심을 갖게 되었는데, 1950년대 중반, 한국 농업사에 큰 획을 긋는 위대한 일을 해내셨다. 그것은 전국 최초로 고랭지 중갈이(엇갈이) 채소를 연구하여 육종에서 생산까지 해낸 일이다.

작물연구라는 말조차 생소했던 시절, 연구개발은 아버지가 터를 잡은 곳이 해발 600m의 고랭지라는 점에서 착안했다. 그리고 제주도에서 배추와 무의 씨를 육지에 들여와 기후과 토양에 적응하도록 파종 시기를 매년 단계적으로 늦추거나 빠르게 조절하여 간절기에도 생산이 가능한 채소 종자를 만들었다. 그렇게 생산된 씨를 채소가 출하되지 않는 간절기에 출하가 되도록 생산하는 방식이었는데, 수년간, 수십여 차례의 실패와 시행착오를 겪으면서도 포기하지 않고 이를 해내신 것이다. 목표는 뚜렷했고, 의지는 강했다. 거기에 집념과 땀방울이 있었기에 가능했을 것이다. 일대 농업혁명이었던 셈이다.

한때 아버지는 우리나라 육종의 대가 우장춘 박사를 만나기 위해 연구소가 있는 경기도 수원의 연구실 앞에서 일주일가량을 기다린 적이 있다고 술회를 한 적이 있다. 농촌개발의 꿈을 지닌 무학의 농사꾼과 한국인 2호 농학박사의 만남은 끝내 무산되고 말았지만, 아버지는 우장춘 박사만큼이나 우리 농업에 대한 애정과 농업기술에 관해 관심이 컸다는 일화다.

나는 우장춘 박사보다도 더 위대한 발명가로 무관의 농민이셨던 나의 아버지를 꼽는데 주저하지 않는다. 나의 아버지라서가 아니라 우장춘 박사가 연구에만 몰입한 순수한 생물학자이자 원예학자라면 나의 아버지는 농업에 관한 한 실용적이며 실천적 선각자라는 점에서다. 지금 전국 곳곳은 물론 동남아에서 생산되고 있는 중갈이 무 배추의 효시는 나의 아버지라고 자부한다. 나의 아버지는 요즈음 말로 아시아의 농업 인플루언서 였다.

이후, 제철 채소가 아닌 계절과 계절 사이 서늘한 여름 기후를 이용해 재배한 후 8, 9월에 출하한다고 하여 '엇갈이'와 해발 600m 이상 고원의 청정지역에서 생산되는 '고랭지 배추', '고랭지 무'라는 새로운 용어가 새로 생겨났다.

이를 통해 지역에 고랭지 채소단지가 만들어지고 다수의 영세한 농민들은 높은 소득을 얻게 되었다. 또 한 국민들은 제철이 아닌 간절기에도 배추와 무를 언제라도 먹게 되는 식품업계에 크나큰 센세이션을 일으켰으니 한국경제와 식생활에 미친 영향 또한 지대하다 할 것이다.

작금, 이 중갈이 채소 생산이 전국에 퍼져 연간 수조 원에 이르

는 농업 생산유발 효과와 수입 대체효과를 보고 있다. 다만 이 연구
와 육종, 생산, 유통에 이르기까지 전 과정이 강원도 정선이라는 산
간 오지에서 최초 발생 되었고, 당시 시대 상황은 농민에서 공무원
에 이르기까지 무지로 인해 이를 기록으로 길이 남기거나, 그 공훈과
업적을 제대로 인정받지 못했으니 매우 아쉽고도 안타까울 뿐이다.

이 새로운 농법이 농업기술 관련 기관들을 통해 전국으로 보급
되어 농민들의 삶과 국민의 식생활에 큰 변화를 일으키리라는 것은
누구도 예상을 못 했을 것이니 일면 이해가 되기도 하다.

나는 오래전부터 기억의 조각들을 살려서 아버지에 관한 일대
기를 쓰고자 하였다. 그러나 나는 그 결심을 지키지 못했다. 대신 무
던히도 아비의 속을 썩이던 막내아들이 대학에서 정치학을 전공했
지만, 최종 박사과정에서 '농업자원경제학'을 전공하게 된 것은 아
버지의 못다 한 꿈, 접근조차 허락되지 않았던 학문의 길과 무관하
다 할 수 없을 것이다. 그러나 그런다고 이미 이 세상에 계시지 않는
아버지에 대한 불효와 상쇄되지 않을 것이다.

3. 아버지는 없다.

그런 아버지는 시대적 질곡의 삶 속에서 왜 자식들에게 할 말이
없으셨을까만은 과묵하고 좀처럼 잔소리라고는 하지 않는 분이셨
다. 자식들에게 다정다감하기보다는 꼭 하실 말만 진중하게 생각한
후에 하셨는데 그러다가 보니 자식들의 입장에서 보면 참 엄하고

어렵기만 한 아버지였다.

그랬던 나의 거대한 바위와 같았던 아버지가 처음 눈물을 보였다. 천방지축 망나니짓만 하던 막내아들인 내가 군에 입대하는 날이었는데 잘 다녀오겠다는 나의 인사를 받고는 아무 말도 못 하시고 그만 눈물을 떨구셨다. 난생처음 본 아버지의 눈물을 보고 당혹해 나도 눈물이 날까 봐 얼른 그 자리를 벗어나 버스 정류장까지 걸어가면서 참 많이도 울었다.

차마 돌아서서 아버지를 볼 용기가 나지 않았다. 분명 아버지는 온갖 상념 속에 아들의 뒷모습이 멀어지고 눈에 보이지 않을 때까지 신작로 한가운데 서 계셨을 것이다.

이 땅에 아버지들은 모순과 불의가 판치는 세상과 맞서 싸우고, 두 어깨에 가족에 대한 책임을 멍에처럼 짊어지고 한평생을 치열하게 살아왔지만, 세상의 아름다운 단어 100번째에도 못 드는 홀대를 받고 살고 있다.

어느 작가는 아버지를 이렇게 표현했다.

"기분이 좋을 땐 헛기침을 하시고 겁이 날 때는 너털웃음을 웃는 사람, 기대만큼 아이들 성적이 좋지 않을 때는 겉으로는 '괜찮아, 괜찮아' 하면서 속으로는 몹시 화나는 사람, 그러면서도 내가 아버지 노릇을 제대로 하고 있나? 내가 정말 아버지다운가?를 스스로 날마다 자책을 하는 사람, 아들딸이 밤늦게 돌아올 때는 어머니는 열 번 밖을 나갔다 오지만 아무 말 없이 현

관만 쳐다본다는 아버지, 고달파도 고독해도 아닌 척 살아가
야 하는 아버지.”

(작가미상)

일 년에 한 번 어버이날이 있어 그나마 작은 관심이라도 받는
가정의 달 5월이 지나고 나면 이름도 없는 섬처럼 살아갈지도 모르
는 아버지, 아버지…. 아~ 외롭고 슬퍼도 울 곳이 마땅치 않아 이곳
저곳을 헤매다가 쓸쓸히 저녁을 맞이하고 반주 몇 잔에 취해 홀로
잠이 드는 참 슬픈 이름 아버지 그대 아버지여!

치열한 질곡의 삶 속에서 위대했던 나의 아버지! 그리고 우리들
의 아버지! 나는 지금도 아버지의 땀과 눈물을 기억하고 있으며, 오
랫동안 기억되기를 바랄 뿐이다.

꼰대와 아들

    서울에서 직장생활을 하는 아들 녀석이 결혼을 서너 달 앞둔 어느 날 전화를 걸어왔다. 이미 처가가 될 쪽의 양해를 구해 놨으니 부모님께서는 상견례에 평상복 차림으로 참석했으면 좋겠다는 전화였다. 필자로서는 개혼開婚이고 사돈 될 분들과 첫 상면의 자리인데 최소한의 예는 갖추어야지 그게 어디 되기나 할 말이냐고 펄쩍 뛸 수밖에 없었다.

    아들 녀석과 수일을 두고 실랑이를 벌이다가 자식 이기는 부모 없다고 간곡함에 못 이겨 결국은 면바지에 평상시 입던 수트를 잘 손질해 걸치고 노타이차림의 상견례를 해야 했다. 아내 역시 평생에 한두 번 있을 일이라 들뜬 마음으로 애써 장만한 정장 입기를 포기하고 마지못해 평상복차림으로 사돈 될 분들을 만나야 했다.

그런데 걱정했던 것과는 달리 막상 상견례를 마치고 나니 참 잘했구나 하는 생각이 들었다. 우선 낯선 사돈과의 첫 만남이 격식에 얽매이지 않아서 좋았고 옷차림처럼 서로 격의 없고 진솔한 대화를 나누었던 것 같다.

만약 체면치레 때문에 정장 차림에 격식을 앞세웠다면 의례적인 인사에 이은 어색한 분위기가 이어지고 잘 차려진 비싼 음식도 옷차림에 신경 쓰다가 편하게 못 먹고 상견례를 마쳤을 것이다. 물론 양가의 참모습도 제대로 알지 못했을 것이다.

새로운 세대의 결혼풍속도인가 싶다가도 예禮와 격格을 지키지 못한 아쉬움도 없지는 않았지만 작고 의미 있는 결혼식을 하겠다는 둘의 깊은 뜻을 이해하게 되었고, 몸집도 생각도 어느새 아비를 훌쩍 뛰어넘어 성장했구나 하는 대견함과 믿음도 커졌다.

본의와 달리 아들 녀석 자랑한 팔불출 꼴이지만 학교시절, 우리는 젊은이들의 마음을 이해해 주지 못하는 아버지를 뒷전에서 '꼰대'니 '껍데기'니 하고 속칭을 한 적이 있었다. 어느새 내가 아버지를 속칭했던 그 꼰대가 되어있다. 껌딱지처럼 붙어 다니는 꼰대의 근거 없는 체면치레, 권위의식, 아집, 이제는 내려놔야 할 때인 듯싶다.

자식들과 같은 문명층 속에서 더불어 숲이 되고 친구가 되어 함께 살아가는 것이다. 그리고 검약儉約의 생활을 자식을 통해 다시 생각해 본다.

선물膳物

　무슨 팔자기에 젊은 시절 친구들의 결혼식 사회를 도맡아 했는가 싶더니, 오십대 초반에 죽마고우 아들의 결혼식에 처음이자 마지막이라는 심정으로 멋모르고 덜컥 주례를 선 이래 주말에 어느새 서른 하고도 세 번째 주례를 섰다.

　주례를 서달라는 요청이 올 때마다 과연 주례를 설 자격이 있는가 하는 자격지심부터 준비과정에서의 몸가짐 마음가짐 등 예비단계의 어려움 때문에 매번 사양을 하지만 번번이 지고 만다.

　이렇게 된 데는 직업 삼아 주례를 서는 것도 아니고 혼주나 신랑 신부 중 친소관계가 있거나 제자 등 꼭 서야 할 자리만 엄정히 선별해 서다가 보니 자신도 모르는 사이 주례에 관한 한 귀한 몸(?)이 된 것이다.

주례를 서려면 여러 가지 조건이 따른다. 주례는 혼례에 있어 새로운 가정을 탄생시키는 매우 막중한 예를 집전하기에 개인적이 영예이고 보람이기도 하지만 챙기고 가려야 할 것도 그만큼 많은 것이다.

우선 주례는 혼인서약 성혼선언 주례사를 하는 등 혼례를 주관하니 누구나 인정할 만한 훌륭한 인품의 소유자여야 하고, 신혼부부의 결혼생활에 모범이 되며, 자문역할을 할 수 있어야 한다.

두 번째로 내, 외적으로 건강해야만 한다. 표준 이상의 품격과 외모를 유지하여야 하는 외에 상서로운 기운이 돌도록 표정 관리도 할 줄 알아야 하고 언사에 있어 결혼식 분위기에 따라 임기응변의 능력도 갖출 줄 알아야 하는 것이다.

세 번째는 신랑 신부나 혼주가 능력과 학식과 경륜을 높이 평가하여 존경과 사표로 삼을 만큼 사회적 지위도 요구된다. 그래서 혼주들의 대부분은 사회 지도층이나 교수 목사 등을 선호한다.

위에 열거한 외에 다복한 가정, 금실 좋은 부부, 자녀들이 잘 되는 가정이 고려된다. 사찰에서 하는 결혼식 외에 존경받는 종교인이어도 스님을 주례로 세우지 않는 이유다.

사회적으로 이 모든 조건을 갖춘 인사가 얼마나 될까만은 이러다 보니 주례를 서는 것도 그렇지만 이후의 일상생활에도 정신적 육체적으로 여간 신경이 쓰이는 게 아니다. 과연 자신이 이러한 조건을 갖춘 사람인지 자신과 주변을 뒤돌아보게 되고 자격지심이 생겨 늘 선선히 대답할 수 없는 것이다.

고심 끝에 우선 주례를 서주기로 결정이 되면 그때부터 마음가 짐과 몸가짐을 단정이 해야 한다. 혼례일까지 건강에 신경을 써서 감기 등 질병에 걸리지 않도록 해야 함은 물론 결혼식 열흘 안에는 장례식장 등 험한 곳도 가려야 한다. 주례서는 전날 음주는 물론 신 랑 신부의 간단한 신상과 직장이나 가족관계 등 환경과 시대적 트 렌드에 맞게 주례사를 다듬어 숙지하고, 당일 아침에 목욕은 물론, 신랑과 의상 색상이 겹치지 않도록 슈트는 물론 드레스 셔츠와 넥 타이 등 정성과 예를 다해 의상도 갖춰 입어야 한다. 무엇보다도 결 혼식 1시간 전에는 식장에 도착해야 하는 등 살얼음 걷듯 지내야 하 니 남들은 의례 그러려니 하지만 당사자의 생활은 고충이다 못해 고통이다.

"아내는 줄이 없는 남편의 회중시계가 늘 마음에 걸려 줄을 사 주기 위해 남편이 그토록 자랑스러워하는 황금같이 빛나는 자신의 머리카락을 잘라 팔고 집에 돌아온 날, 남편은 아내의 길고 아름다 운 머리를 빗겨줄 머리빗을 사주기 위해 아버지로부터 물려받아 그 토록 소중히 여겼던 회중시계를 팔고 돌아와 서로 껴안고 한없이 울었다"는 이 슬프고 아름다운 이야기는 널리 알려진 오 헨리의 소 설 '현자賢者의 선물膳物'에 나오는 이야기다.

이번에도 여러 번 사양하던 끝에 어렵게 새 출발을 하는 한 예 비부부의 딱한 사정을 접하고 인생 서른 세 번째 주례를 서면서 인 생의 새 출발을 하는 신랑 신부에게 하객들이 너무 진부한 주례사라고 흉보거나 말거나 이 이야기를 들려주었다. 나이가 차 결혼은 해야겠고, 준비된 것이 적어 예물교환도 생략한 채 소박하고도 작은 결혼식을 올리는 이들 커플에게 내가 해줄 수 있는 가장 값진 주례사는 어떤 것일까? 하고 고민 끝에 이 이야기가 생각이 났기 때문이다. "나는 주례로서 그대들에게 이 이야기를 선물합니다. 신랑에게 가장 소중한 예물은 무엇일까요? 그것은 가장 가까이 있는 아내가 될 사람이고, 신부 역시 지금 가장 가까이 있는 남편 될 사람만큼 소중한 예물은 없습니다"라고 말해주었다.

나도 그들에게서 큰 선물을 받았다. 말 끝나기 무섭게 서로 눈빛을 마주하고 건치를 들어내며 해맑게 웃는 그들의 눈부신 미소와 오랜만에 맛보는 뿌듯함이었다. 주례를 서준 보답으로 준 사례비를 기꺼이 축의금으로 돌려주면서 내가 갖고 있지 않은 것을 가진 그들이 얼마나 부러웠는지 모를 하루였다.

지금의 처지를 부끄럽게 여기지 않고 하나하나 채워가고 일궈나가는 즐거움과 행복이 그들에게 온전히 스며들 것이다.

어중간히 가지고 출발하느니 차라리 소담하게 내린 첫눈처럼 순백의 가난으로 시작하는 것이 부부의 미래를 위해 더 나을지도 모른다는 생각이다.

부디 축복 가득하기를…

닥터 '돈크라테스'

"닥터 쵸이_choi_, 당신에게는 세 가지 인격이 있습니다. 그동안 당신을 쭉 지켜본 결과 당신은 매우 친절한 사람입니다. 그러나 너무 생각이 많고 진지하거나 엄격합니다. 그리고 때로는 엉뚱합니다. 마치 돈키호테와 소크라테스를 합성해 놓은 것 같습니다."

얼마 전, 필자를 찾아 한국을 방문한 다섯 명의 태국 친구들에게 '험한 세상 다리'가 되기로 하고 강릉과 평창의 동계올림픽 시설과 남이섬을 비롯해 제주도의 명소를 안내한 일이 있었다. 그들이 떠나기 전날, 태어나 처음 해외여행으로 한국을 선택한 젊은 친구가 내게 한 말이다.

진지, 엄격, 엉뚱? 글쎄~~ 나는 친절하기는 했지만 그들에게 진지하게 엄격하지도 않았고 엉뚱한 일을 저지르지는 않았다는 생각인데 원활하지 못했던 언어소통과 문화의 차이였던 걸까? 그들의 눈에 비친 나는 유교 문화에 찌든 엄격한 꼰대로 비춰졌던 모양이다.

짧은, 그리고 간간이 태국에 머무는 동안에도 선진 한국인의 명예를 걸고 최대한 친절하게 그들을 대했다. 그리고 그들이 한국을 방문했을 때 최대한 디테일하게 그러나 예기치 못한 만약의 리스크에 대비해 안전을 기조로 그들의 생활을 돌봐줬다. 내 친절이 너무 지나쳤던지 일행 중 한 중년의 여교수는 제법 진지한 표정으로 나에게 이렇게 묻기까지 했다.

"Are you a flirt?" (당신 바람둥이입니까?)

그러면서 가뜩이나 넓은 코 평수를 더 넓혀가며 자기는 바람둥이를 더 좋아한다나 어쩐다나….

물론 그들과의 일상에서 나는 필요 이상으로 나 자신에게 엄격하기는 했다. 가령 그들은 늘 나에게 신경을 써주느라 함께하기를 원했으나 혼자만이 시간을 많이 가졌고, 그들이 한국을 방문했을 때는 한국의 문화를 배우라는 뜻에서 그들의 관습과 달리 흡연할 장소를 가릴 것과 쓰레기를 거리에 함부로 버리지 못하게 하거나 안전을 위해 늦은 밤 유흥시설이나 우범지대를 가지 못하게 한 것도 원인일 수 있다.

그렇구나. 제 3자의 객관적인 시각으로 본 나의 모습은 그렇게 비춰졌구나 싶었다. 그들이 한국을 떠난 몇일 뒤 나는 그 친구에게 메신저로 변명 삼아 대충 이런 메일을 보냈다.

"나는 낭만주의자*romanticist*며, 박애주의자*humanist*이자 페미니스트*feminist*다. 이게 나의 모습이니 오해 없기를 바란다. 그러고 보니 너희들의 보는 눈이 옳았다. 나는 지금까지 살아오면서 나의 정체성에 대해 늘 고민해 왔다. 외국인인 너희들이 객관적 시각에서 특정해준 돈-키호테*Don-Quixote*와 소크라테스*Socrates*를 합성해 놓은 모습이 어쩌면 나의 모습이라는 생각이 들었다."

얼마 후, 다시 태국의 대학에 방문했을 때 그들 중 가장 친했던 친구 키티맛은 나의 별명을 만들고, 의견의 일치를 보았는지 모두 나를 '닥터 돈크라테스*Dr. Donquirates*'라고 불렀다.

그래 받아들이자. 더구나 'Don-'은 스페인어로 귀족을 뜻하지 않던가. 지적이며 낭만적인 방랑기사이자 모험가인 돈키호테, 과분한 수식이 붙기는 했지만 '닥터 돈크라테스'는 꽤 그럴듯한 닉네임이라는데 동의한다. 그래서 붙여진 나의 닉네임이 닥터 돈크라테스다.

Hello Google!

"Hello Google, 내일 아침 일곱 시에 깨워 줘. 그리고 그 시간에 아침을 먹을 거야. 그러니 밥도 좀 해 놓고…"

"네 주인님, 분부대로 준비해 놓겠습니다. 걱정하지 마시고 안녕히 주무세요."

일전, 나무막대기처럼 뻣뻣해진 아내를 대신할 상냥하고 고분 고분하며 그 어떤 부탁이나 당부에도 토를 달지 않을 IOT(Internet Of Things, 사물인터넷)를 집 가전제품에 설치려다가 아내의 극렬한 반발로 수포가 된 적이 있다.

거실에 CCTV와 TV는 물론 냉장고와 전자레인지를 포함해 모든 가전품을 스마트폰과 연결해 원격지에서도 음성과 손가락 하나

만으로 마음대로 조정할 수 있는 세상 만들기에 실패를 한 것이다. 아내의 말인즉, 가뜩이나 집에만 있으면 게으름을 피우는 사람이 이제는 쇼파에 누워 입술과 손가락만 움직이려고 그런 시스템을 설치하느냐, 사생활 침해가 염려된다는 등…. 활용을 하지 않아서 그렇지 지금 우리가 쓰고 있는 가전제품들에는 연결만 하면 사용 가능한 사물인터넷 기술들이 이미 적용되어있다. 스마트폰 앱을 통해 집에 도둑이 들었는지, 쓸데없이 가전들이 켜져 있지는 않은지, 냉장고 문은 제대로 닫혔는지부터 원격지에서 퇴근하기 전에 에어컨의 전원을 켜놓기도 하고 도착에 맞춰 따뜻한 밥을 먹을 수 있게 준비해 놓는 등 그 편리성은 매우 다양하고 시간적, 경제적 효과까지 가져다 준다.

가뜩이나 나이가 들면 기억력이 쇠퇴하고 기우杞憂가 생겨 외출 때마다 한참을 나왔다가도 에어컨과 인덕션이 켜져 있지나 않은지, 문은 제대로 닫았는지에 찝찝해 다시 돌아가 확인하기를 반복하는 노년의 세대에 매우 유익한 장치임은 틀림없다. 다만, 우려할 점은 아내의 염려처럼 자칫 개인의 사생활이 노출될 수 있다는 점인데, 노망이 들기 전에야 거실에서 발가벗고 뛸 일이 있는 것도 아니고, 혹, 그렇게 뛸 일이라도 생기면 연결 부위를 차단하고 뛰면 되니까 그렇게 염려할 일만도 아니다.

그럼에도 나는 아내라는 거대한 장벽에 막혀 환상적인 IoT 세상과 마주하지 못했다. 설치기사까지 돌려보내 놓고 나니 화가 머리 꼭대기까지 날 수밖에….

생각 끝에 내 삶을 바꾸는 일은 고집불통의 아내를 설득하기보다는 차라리 아내를 교체하는 편이 훨씬 효과적일 것이라는데 생각이 미치지만 그게 어디 생각처럼 녹록할까. 오히려 교체당하지 않으면 신의 은총으로 생각해야 할 것이다.

사정이 이렇다 보니 당분간은 아날로그 방식으로 살아야 할 것 같다. 외출할 때마다 몇 번이나 엘리베이터를 오르내리며 안전 점검을 하는지 두고 볼 참이지만 그것 역시 버티기나 뚝심이 약한 나의 몫일 것이다.

그대 길을 잃었거든…

1. 순례의 시작

10년 전 가을, 나는 몽골의 이름도 모를 평원 위에 서 있었다. 내 생의 한 가운데서 성취와 보람을 위해 땀 흘렸던 시간에서 벗어나 홀가분하면서도 막막하게만 느껴지던 시간, 순례라는 단어조차 생소했던 때에 길을 나선 것이다.

중고카메라 한 대와 간단한 옷가지를 넣은 백팩을 둘러멘 나의 모습은 영락없이 길 잃은 보헤미안이었다. 웃음기 사라진 표정과 잔뜩 무거워 보이는 어깨, 나와 닮은꼴인 낯선 이방인들에게 가끔씩 미소를 지어 보였지만 그가 나를 보았을 때는 몹시도 쓸쓸한 모습이었을 것이다.

몽골에 간 김에 작은 봉사활동을 하기 위해 새벽을 서둘러 울란바트로를 출발해 시골의 작은 초등학교가 있는 마을 바얀 차강솜으로 가는 길은 가도 가도 지평선만 보이는 막막한 초원이었다. 더러 길은 있었으나 당시 몽골에 네비게이션이 있는 것도 아니고 손수 운전대를 잡은 가이드는 목적지를 알고 찾아가는 것인지 의문이 들 만큼 무지막지하게 길을 개척하며 평원 위로 달리고 또 달리니 그저 신기할 따름이었다.

가끔씩 목가로 쓰이는 게르와 생뚱맞은 곳에 세워진 폐허처럼 보이는 고색창연한 사원의 탑, 오방천을 함부로 걸어놓은 오보_OVOO, 가없이 펼쳐진 방목한 말과 소와 낙타들이 있었으나 속 시원하게 언어가 통하지 않으니 그것이 그들의 이정표인지는 모를 일이다. 살아오는 동안 줄곧 앞만 보고 달려만 왔는데 몽골에 와서도 또 앞만 보고 달리는 것이다. 가끔 이국적 풍경에 매료되어 풍경도 찍을 겸 쉬기도 했으나 종일을 까마득한 지평선만 바라보고 가는 길은 힘들고 피곤했다. 인생이 앞만 보고 달리기만 해서는 안 되는 줄 새삼 느끼며 차츰 나는 마음의 안정을 찾아갔다.

그러면서 어느 책에서 보았던 글귀를 떠올렸다. 태초에 길이 있었던 것이 아니라 사람이든 짐승이든 다님으로써 만들어지는 것임을, 그리고 우리가 달렸던 바퀴 자국을 보고 누군가가 이어 달릴 것이다. 그러니 남은 인생길을 어떻게 갈 것인가를 생각하기보다는 뒤따라 올 어떤 이들을 위해서라도 가던 길을 우걱우걱 가야만 했다. 더구나 다시 돌아가기에는 너무도 멀리 왔다는 사실이었다.

엉덩이에 몽골반점이 있는 같은 핏줄이어서 삶의 이치도 방식도 같은 것이었을까. 가는 동안 몽골 출신의 운전사겸 가이드는 서툰 한국어로 "조금만 더 가면 됩니다"를 열 번도 더 했다. 더러 길을 닮은 길도 있었으나 대부분 내 눈에는 보이지 않는 길을 따라 우리를 인도했으며, 그나마 길이 끝났다고 생각하는 순간에도 길은 다시 이어졌다. 마치 살아온 인생이 그랬던 것처럼….

2. 은하수를 만나다

쉼이 필요했던 시간, 나의 첫 순례지가 왜 하필 몽골이었을까. 마음이 허허로울 때 뿌리를 찾아가는 인간의 본능에서였을까?

어떤 민족을 정의하는 가장 바로미터는 언어다. 한민족은 퉁구스계의 몽고종족으로 알타이어족에 속한다. 이 알타이어족이 보다 살기가 좋은 삶터를 찾아 이동과정에서 한 갈래가 일찌감치 한반도로 이주했으니 바로 한민족이다.

'한'은 칸*khan* 즉 매우 크거나 높다는 뜻을 가진 알타이어로 터키족, 몽고족, 퉁구스족은 언어의 문법구조나 음운의 법칙 등이 서로 관련이 있어 이를 알타이어족이라고 분류한다.

더구나 몽골은 문명의 흐름에도 태초의 모습을 간직하고 있을 뿐만 아니라 자연의 모습도 삶의 방식도 아직은 단순하니까 머릿속에 혼재했던 상념 중에서 버려질 것은 버려지고 정리 정돈이 될 것 같은 예감에서였다. 번잡함이 없는 그곳에서 그리고 내가 걸어온 길에 대한 성찰, 내 미래의 길에 대해 생각하기로 했을 것이다.

몽골의 깊고 푸른 밤하늘은 얼마나 별이 총총하던지 나는 그곳에서 까마득히 잊고 살았던 유년의 은하수를 만났다. 삼각대에 카메라를 장착하고 렌즈를 짙푸른 하늘을 향해 열어놓고 나니 북극성과 오리온, 카시오페이아가 마치 바로 눈앞 투명한 유리판 속에 진열되어있는 듯 한눈에 들어왔다. 신발을 벗고 바지를 걷어 올리고 나는 마치 고향의 강을 만난 듯 그 별들의 강을 새벽이 올 때까지 첨벙이고 또 첨벙였다.

별은 길을 잃은 나그네에게 방향을 알려준다. 방향을 알면 별이 보이기도 하지만 별을 보면 방향을 알 수도 있는 것이다. 윤극영이 만든 동요 "푸른 하늘 은하수 하얀 돛배에…"를 부르며 자라난 어린 시절의 내 꿈이 향하는 곳은 어디였을까?

테를지 국립공원에 머물던 어느 날 밤은 알퐁스 도데의 별을 떠올렸다. 밤이면 더 눈부시게 하얀빛을 발하는 자작나무 숲에서 요정같이 예쁜 몽골 소녀가 나와 내 어깨에 살포시 머리를 기대며 말을 걸어 줄 것만 같았다.

학교를 마치면 집으로 돌아와 소를 치고 양 떼를 몰던 초등시절, 등잔불 아래서 연필에 침을 묻혀가며 숙제를 마친 다음 마당에 모닥불을 피워놓고 멍석 위에 팔베개를 하고 누우면 은하수가 강이 되어 흘렀다. 별 하나 별 둘 별 셋 별 넷…. 그 무수한 별들을 세다가 어머니 무릎을 베고 잠이 들곤 했다.

3. 혁명

일곱 살이 되던 해 초여름, 어머니의 치맛자락을 잡고 오일장에 따라갔다가 군 수송기가 뿌린 삐라를 보고 막연하게나마 군인들이 어떤 일을 벌였다는 것을 알게 된다. 5.16 군사 쿠데타였다. 그 이후로 우리는 오로지 빨갱이로부터 나라를 지키는 교육을 집중적으로 받으며 학교를 다녀야 했다.

마을마다 아이들을 모아 통학단을 만들었고, 마치 영상에서 보는 북한의 소년단처럼 일 학년부터 육 학년까지 행군을 하듯이 발을 맞추고 손을 높이 쳐들며 등하교를 했으며, 방과 후 집으로 돌아올 때는 산골짜기를 누비며 북에서 날아온 삐라를 주웠다. 삐라는 다음날 곧장 연필과 노트와 바꿔져 그 누구랄 것 없이 가난하던 시절 부모님의 주머니 사정을 다만 얼마라도 덜어주었다.

'타고난 저마다의 소질을 계발하고, 우리의 처지를 약진의 발판으로 삼아, 창조의 힘과 개척의 정신을 기르고 반공 민주 정신에 투철한 애국 애족이 우리의 삶의 길이며…' 일견 시대정신이 담겨 있었으나 그 헌장 탄생의 이면에 숨겨진 장기집권 음모를 음모인 줄도 모르고 가치와 신념으로 자리를 잡던 중학교 시절을 지나 고등학교에서 목총을 들고 교련을 하는 것으로 한 인간은 이데올로기로 세뇌되고 무장되어갔다.

자발적이 아닌 타에 의해 길들여지는 인생은 피곤하다. 민주주의라는 이름표를 달았지만 한창 자아를 발견해 나가야 할 학생들의 상상력과 창의력에는 족쇄를 달아버린 꼴이었다. 그러면서 원함과 상관없이 산업화 물결이 밀물처럼 우리를 덮쳤다.

가진 것이 많지 않아도 순후했으며 네 것 내 것 다투지 않고 나누며 살던 시절은 가고 세상은 적자생존의 법칙이 마치 삶의 좌표처럼 판치고 온갖 부정과 부조리와 협잡과 음모와 배신이 다반사로 일어났다. 보지 말아야 하고 듣지 말아야 했던 것을 보고 들으며 성장했으니 세상을 보는 사고가 온전할 리 없었다.

삶의 질은 조금씩 나아지고 있었지만, 경쟁 사회에서 살아남기 위해 몸부림쳐야 했으니 참 고단한 인생이 시작된 것이다. 부모님으로부터 내려받은 선함을 지키려면 오히려 독해졌어야 했는데 그러지도 못했으며 급속한 변화는 정체성을 생각할 틈도 주어지지 않았다. 막연하기만 한 혼돈의 시간이었다.

4. 꿈을 꾸다

몽골의 하늘은 푸르다 못해 에메랄드로 만들어진 호수처럼 깊었다. 야트막하게 펼쳐진 구릉에 그림자를 남기며 솜사탕 같은 흰 구름이 빠르게 흐르고, 그 신비의 하늘을 이고 선 자작나무가 울창한 숲길을 걷고 또 걸었다. 때마침 이른 가을인데도 몽골에 첫눈이 내렸다. 푸른 초원 위에 눈이 살짝 덮힌 풍경은 한국을 떠나오기 전 모니터링을 했던 것보다 지극히 몽골다웠으며, 순도가 높은 싸~한 산소는 영혼까지 맑게 해주는 듯했다.

어떤 별자리를 타고 태어났는지 태어나면서부터 나는 이성 보다는 본능이 앞서는 행동을 했고 나의 판단은 자주 빗나갔다. 주변 여건과 내 생각의 괴리 때문이거나 너무 앞서갔거나 했을 것이다. 그나마 학교는 기본적인 시간과 공간의 생활질서는 잡아줬지만 내 꿈의 대안은 되어주지는 못했다. 더구나 나의 꿈은 당시의 현실로는 황당하기 그지없었으니 당연히 그럴 것이다. 학교는 늘 그 자리에서 묵묵히 자리를 잡고 사람을 키웠지만, 그 안에서 꾸는 꿈들은 이리저리로 이동하고 커졌다 작아지기를 반복했다.

때로는 비틀거리며 돌고 돌아온 머나먼 길, 중심을 잡고 주변도 돌아보며 이제 사람 노릇 좀 하고 살아야겠다는 생각이 들 때는 이미 너무 많은 시간이 흘러버렸다는 것을 알았다. 유유자적 평소에 하고 싶었으나 하지 못했던 일들을 즐기면서 보낼 수도 있겠지만 인생에서 포기해서는 안 될, 이리저리 흔들리면서도 끝내 이뤄야 할 꿈이 있는 것이다. 세상에 태어났으면 무어라도 남겨야 한다는 인생의 자국에 대한 고뇌가 강박처럼 다가왔다. 몽골의 초원을 걸으면서 내내 생각한 것은 그 꿈에 대한 것이었다. 포기할 것인가 아니면 늦었지만 끝내 이룰 것인가.

혼자 자작나무숲을 걷는 내내 숲 어디에선가 정령이 나타나 나에게 묻는 듯했다.

"별을 한번 따 보지 않겠니?"

별을 딴다?

"그래, 그럼 어디 별을 한번 따 보자."

그리고 걷고 또 걸으며 포기할 것과 이룰 것을 선별했다. 인생 2막 1장, 여러 갈래의 길 중 포기해야 할 길과 죽는 그날까지 이루어야 할 길에 대한 판단이었다. 내가 선택한 꿈을 위해서는 오랫동안 꾸었던 다른 꿈들을 포기해야 하는 아쉬움과 상실감은 컸지만 욕심을 내고 모두 짊어지고 가기에는 버거울 수밖에 없다.

한밤 게르의 호롱불 아래서 버킷리스트 열 가지를 골라내고 그중 먼저 실행해야 할 것과 가장 무게를 두고 실행해야 알 것을 세 가지로 정리했다. 나머지 일곱 가지는 인생을 걸고 반드시 해야 할 일은 아니었다. 결심이 신념이 되기까지는 그리 많은 시간이 소요되지 않았다. 그리고 나는 귀국하여 주위의 참 어처구니없다는 조소와 극구 만류를 뿌리치고 마음 변하기 전에 그 세 가지 꿈의 길에 도전했다.

5. 꿈길을 다시 걷다

영화 'ET'에서 주인공과 친구들이 타고 있던 자전거가 하늘로 날아올랐을 때 관중은 그 놀라운 상상력에 환호를 보냈다.

하지만 2013년 6월 체코에서 그 상상의 자전거가 시험 비행에 성공했다. 어릴 적 보았던 공상만화 '해저 3만 리'는 그 어둡던 시절에도 10년이 채 되지 않아 현실이 됐다. 그건 어디까지나 영화나 만화일 뿐이라며 현실화 실험에 회의적인 눈으로 바라보던 사람들은 머쓱해졌고 상상을 현실화시킨 이들은 환희를 쏟아냈다.

인생사든 문명사든 모든 창조는 만화 같은 상상에서 시작된다. 힘겹고 지쳤을 때 다시 한번 걸어봐야겠다는 생각을 했고 나는 걸으면서 상상했다. 상상이 구체화 되면 잘 닦여진 연관 인프라를 타고 현실로 이어지는 것이다. 걸으면서 지난날을 성찰하고 걸으면서 미래를 설계하며 상처를 보듬고 다시 희망의 싹을 틔웠다. 그리고 그 노력은 비록 크지 않았으나 성과로 이어졌다. 어쨌든 내 인생의 터닝 포인트를 몽골의 초원을 걸으며 결정하고 획득했던 셈이다.

그래서 나는 권고한다. 그대 길을 잃었거든 걸어라. 이미 닦여진 길이여도 좋고 길이 보이지 않거든 길을 내면서 걸어라. 서 있으면 그곳은 그냥 땅일 뿐이지만 누군가 걸으면 길이 된다. 반드시 몽골의 가없는 초원이어야 할 필요는 없다. 멀리 가기가 귀찮고 번거롭거든 아파트 단지 내의 샛길이라도, 마을의 논둑길이라도, 한적한 바닷가의 해송 숲길이라도 걷고 또 걸어라. 꿈속에서도 가능하다면 걸어라.

좀 궁상맞으면 어떤가. 궁리가 곧 생각이 아니던가. 궁리하고 상상하라. 나는 배움의 나이에 있는 이들에게 몽상가라는 놀림을 받아도 괜찮으니 걸으면서 꿈을 생각하라고 말한다. 세상을 바꾸는 것은 몽상가들에 의해서다. 어차피 인생은 길을 가는 것이다. 그래서 인생길이라 했다. 걷다가 보면 문제도 보이고 답도 보인다. 상상에 용기와 열정을 더하면 현실이 된다.

나는 꿈의 버킷리스트를 생각하며 오늘도 뚜벅뚜벅 캠퍼스의 산책길을 따라 만보를 넘게 걸었다. 걸으면서 얻은 결론은 "사람이 길을 만들었지만 길은 사람을 만든다."는 것이었다.

단언컨대 내 생각은 나도 모르는 사이 어제보다 한 뼘쯤 더 깊어졌거나 땅 위의 별이 되고자 했던 생의 목표에 한 발짝 더 다가서 있을지도 모른다.

내 인생 사용계획서

벌써 많은 시간이 지났다.

더 나이 들기 전에 더 큰 꿈을 가지고 인생 2막을 준비해야 하겠다는 생각으로 조금 일찍 직장을 나왔지만 막상 다다른 은퇴 후의 생활은 눈물이 쏙 빠지도록 혹독했다. 늘 관대했고 내 편이라고 생각했던 사회는 계급장(?)을 떼자 전혀 다른 세상이 되어 있었다.

수십 년간 진심을 다해 돕고 교류하며 철석같이 믿었던 사람들의 배신에 몸을 떨어야 했고, 상처 난 마음을 안고 미친 듯 나라 안팎으로 여행도 다녀보고 운동과 취미에도 빠져 보았지만 순간의 위로는 될지언정 미래의 대안은 되지 못했다.

다시 두 번째 일을 갖기까지 나는 방황과 좌절과 극심한 가치관의 혼란을 겪게 된다.

프리랜서로 여기저기 강연을 다니기도 하기도 하고 사회봉사를 하기도 하며 지냈지만 어느 날 돌아보니 한마디로 턱없는 일이나 저지르며 '괴물'이 되어 굴러다니는 나를 발견하게 된 것이다. 나태해지고 회한과 자책에 빠진 스스로를 구하기 위해 뭔가 새로운 목표와 질서가 필요했다.

영감은 넬슨 만델라로부터 받았다.

"인생의 가장 큰 영광은 결코 넘어지지 않는 데 있는 것이 아니라 넘어질 때마다 일어서는 데 있다."

그래서 만든 것이 10가지 "내 인생 사용계획서"다.

첫째, 매일 2종 이상의 신문을 읽고 일기를 쓰자.

둘째, 하루 2시간씩 운동과 산책을 하고 그중 1시간은 혼자만의 시간을 갖자.

셋째, 분량에 상관없이 일주일에 한 편 이상 글을 쓰고 한 달에 2권 이상 책을 읽자

넷째, 한 달에 두 번은 친구와 함께하는 모임에 참석하자.

다섯째, 한 달에 두 번은 영화를 보고 한 계절에 한 번은 라이브 공연을 보자.

여섯째, 3개월에 한 번은 온 가족들이 모여 여행, 외식, 쇼핑 중 한 가지 이상을 하고,

일곱째, 한 계절에 한 번은 고향을 찾거나 가까운 친척 친지를 방문하자.

여덟째, 1년에 2번은 해외여행을 통해 견문을 넓히자.

아홉째, 10년 계획으로 4개 외국어에 도전하자.

열째, 열째 만큼은 비공개로 마음에만 담고 오로지 결과로 말하자.

그리고 7년,

계획 중에는 경조사 등에 더러 묻어가기도 하고, 실행에 대한 강박감이 극심한 스트레스로 돌아오거나, 의지박약으로 중도에 포기했던 일도 있었지만, 내 생활에 균형을 잡아주고 삶의 활력과 질서, 인생의 가치를 다시 생각하게 하는 동인動因이 되어준 것은 사실이다.

그러면서 더러는 내려놓고 더러는 무뎌진 쇠를 벼리듯 이렇게 스스로를 담금질하며 잡아갔다.

"항상 새로운 것에 배고파하고 더러는 바보같이 도전하며, 그렇게 한 발자국씩 앞으로 나아가기를…."

친구

춘래불사춘春來不似春, 간절기라 어설프게 추울 것이라는 지레짐
작으로 잔뜩 움츠렸던 몸을 일으켜 바다를 향한다.

강원도와 경상북도의 접경 고포에 그가 살고 있다. 작은 포구가
있어 포浦자가 들어가기는 했지만 배라고는 미역을 따는 고무보트
몇 척이 전부인 10여 호도 채 되지 않은 아주 작은 마을이다. 아이들
은 모두 직장을 찾아 객지로 나가고 부부가 단출하게 살아가는 포구,
이곳에서 생산되는 '고포미역'은 풍미가 남다르기로 이름나 있다.

우정은 산길 같아서 자주 오가지 않으면 그 길은 사라지나니,
우거진 수풀이라 만나기 전에는 할 말이 많았다가도 막상 만나고
보면 지난 세월 서로 살아온 길이 달라 마땅한 화두를 찾지 못한다.
반가운 인사말과 어색한 침묵이 몇 차례 교차하는가 싶더니 저녁

식사를 겸해 소주가 한잔 들어가고 나서야 마치 화학반응처럼 응결되었던 마음이 풀어지면서 이야기는 제 줄기를 찾는다.

만나지 못하는 동안 살아온 날들의 이야기며, 졸업 이후 까마득히 잊혔던 친구들의 이름이 하나둘씩 불리고 오랫동안 침잠하고 있었던 흑백사진 같은 전설들이 살아나 포도송이처럼 열리기 시작한다.

다음 날 아침, 곰치국으로 너끈히 늦은 해장을 한 후, 홈피에 올릴 사진 스케치도 할 겸 바닷가에 조성된 공원으로 산책을 나선다. 동해안에 가면 압권은 당연히 멀리서 바라보는 바다 풍경이다.

숨을 몰아쉬며 정상에 오르니 마침 어선 한 척이 포구로 돌아오는 풍경이 렌즈에 잡혔다. 봄 햇살을 가득 머금고 물비늘을 일으키는 바다를 향해 정조준을 하고 줄낚을 풀듯 사정없이 셔터를 눌러 어렵사리 마음에 드는 사진 한 장을 건져 올린다. 이곳에 올리는 풍경들은 매번 이렇게 얻어져 인터넷 싸이트에 정기적으로 올리는 글의 빈자리를 메워준다.

원덕항에 나가 갓 잡아 올린 고등어 여남은 마리 사서 차에 싣고 부부의 정겨운 배웅을 받으며 집으로 돌아오는 길은 영영 사라질 뻔했던 길이 다시 연결된 감사함과 헤어짐의 아쉬움이 함께 한다.

아, 오랜만에 만나도 친구는 역시 친구다. 집으로 돌아와 스티로폼 상자에 든 고등어를 꺼내기 위해 트렁크를 열어보니 두툼한 고포미역 몇 오리가 훅 하고 바다 향기를 풍긴다. 친구가 언제 몰래 트렁크에 넣어두었던 모양이다.

인생은 때때로 사소한 순간을
위대하게 만든다

시골집에서 100여 리 넘게 떨어진 시내로 시집간 누님댁에서
고등학교를 다녔다. 길이 잘 닦여진 지금은 100리가 이웃이나 다름
이 없지만, 당시는 통학을 할 마땅한 교통수단도 없었을 뿐만 아니
라 아버지는 한창 반항기에 어디로 튈지 모르는 아들이 못 미더워
무거운 짐 하나를 도회로 시집간 딸에게 맡겼다는 것이 옳은 표현일
것이다. 자식이 하나둘이 아니다가 보니 공부는 시켜야 하겠고, 철
딱서니 없는 녀석을 혼자 하숙시키기에는 무슨 일을 저지를지 걱정
도 됐으며, 경제적으로 버거웠던 것도 한가지 이유가 될 것이었다.
　매형은 시내에서 꽤 규모가 있는 인쇄업을 했는데 인쇄공으로
시작하여 성실과 신뢰 하나로 관공서의 일을 도맡아 하는 중견 출

판업체로 성장시켰다. 누님집에 기거를 하는 동안 나는 학교를 마치면 거의 매일 야근을 하는 인쇄소 식구들을 위해 누님이 집에서 손수 만든 직원들의 저녁밥을 자전거로 날랐다. 강제하지는 않았으나 뭐라도 밥값을 해야 한다는 자발적 생각에 한 두번 하다가 보니 일상이 되었다. 알바인 듯 알바 아닌 알바 같은 일이 생긴 것이다.

겨울철에는 눈이 내려 미끄러운 길을 자전거로 나르다가 넘어지는 바람에 자주 밥그릇을 통째 뒤집거나 이곳저곳이 찢어지고 벗겨지고 멍들곤 했다. 그럴 리는 없었지만 그런 일이 생길 때마다 내가 다친 것이 표면화되면 행여나 누님에게 누累가 되거나 나를 집에서 내칠까 싶어 아무런 표정도 못하고 참아내야 했다. 인쇄공장이 바쁠 때는 어깨너머로 배운 서툰 솜씨로 문선도 돕고 교정을 보는 등 나름대로 매형이 하는 사업을 열심히 도왔던 듯싶다.

당시는 납으로 만든 활자를 이용해 출판을 하는 활판인쇄방식과 수동으로 제작을 하는 옵셋인쇄를 주로 했는데, 인쇄소에는 매형의 동생이며 나에게는 나이가 여덟살 정도 위인 사돈이 공장장격으로 근무하고 있었다. 그이는 가정형편으로 공부를 많이 하지는 못했으나 성품이 착하고 성실했으며 문선은 물론 조판도 하고 인쇄와 제본까지 출판에 관한 한 숙련된 만능 기술자였다.

하지만 급속한 산업화의 물결을 타고 하루가 다르게 발전해 가는 출판문화는 새로운 설비뿐만 아니라 날로 고품질의 인쇄물을 요구했다. 초등학교에 들어가 전에 서당에서 배운 한문과

국어과목 만큼은 자신이 있었던 나는 재학 중인 고등학생이다

가 보니 수시로 변하는 문법에 익숙할뿐더러, 때에 따라 문장을 시대적 트렌드에 맞게 수정하거나 책이나 출판물의 표지 등 디자인과 광고 카피에도 차츰 안목이 생겨 출판일에 취미를 붙이기 시작했다.

더구나 세상에 공짜밥은 없으니 비록 작은 것일지라도 내가 가진 얕은 지식이나마 활용하여 매형의 일을 도울 수 있었으니 미약하지만 보살펴주는 은혜도 갚는 길이고 보람도 있었다. 그러면서 차츰 매우 어려운 교정 등도 남의 손을 거치지 않고 하게 되고 의외의 아이디어로 고품질의 출판물을 생산하는데 도움을 주어 발주처의 호평을 받기도 했다.

때로는 시건방지고 겸손치 못했을 것이다. 어느 날부터인가 공장장격인 사돈은 잘난 척 아는 소리를 하는 나를 '최 박사'라고 부르기 시작했다. 당시의 시대 상황으로 볼 때 나에게서 박사가 될 싹수를 발견했을 리도 없었다. 잘된다면 시골 면사무소의 지금으로 치면 9급 공무원이 될지도 모른다는 생각을 했을 수도 있다. 그랬던 환경에서 나에게 박사라는 것은 오르지 못할 나무 정도가 아니라 아예 꿈에도 생각하지 않던 일이었다. 그저 공장 직원들에 비해 교육 혜택을 조금 더 받고 있는 동생뻘의 고등학생으로 사돈이라고 부르기에는 거리감이 있어 편하게 부를 별명 같은 것으로 여기고 그러려니 했다.

우리 사회에서 사돈은 본시 어려운 대상이다. 그렇지만 함께 오랫동안 생활을 하다가 보니 형제처럼 소통하며 의지하고 지냈고, 사돈은 인쇄에 관한 한 어려운 일이 있으면 언제나 스스럼없이 도움을 요청했으며 나 역시 사돈의 부탁이라면 기꺼이 도움이 되어주었다.

나이가 들어 박사학위를 준비할 때 정말 죽을 만큼 힘들었다. 학위논문을 준비하는 내내 이 짓을 꼭 해야 하나 하는 생각에 포기하고 시작하기를 매일같이 반복했다. 날로 상실되어가는 의지, 그리고 막막하기만 한 눈앞의 현실이 갈등을 만들어 낼 때는 별별 생각을 다 하는 모양이다. 연구가 지지부진해 멘탈이 붕괴되어 연구실 옥상에 올라가 투신하는 학생들의 심정이 되어본 적이 한두 번이 아니었다.

어느 날 연구의 한계를 느끼고 이제는 포기를 해야하겠다는 생각으로 빌미를 찾기 위해 컴퓨터 자판을 뒤집어놓은 다음 훌쩍 여행을 떠나고, 그곳에서 어린 시절부터 기억을 살려 쭉 훑어 올라왔다. 그러던 중 어느 한순간, 고교 시절 동고동락을 함께하던 사돈이 늘 나를 부를 때 쓰던 호칭이 생각났다. '최 박사', 그리고 뭐라도 도움이 필요하면 사돈임에도 마치 평생을 함께할 이념적 동지라도 되는 듯 "어~~이 최 박사, 이 교정 밤을 새워서라도 좀 봐줘!" 하던 그 소탈한 음성이 들리는 듯했다. 나는 그 칭찬을 닮은(?) 그 부름에 지금 와서라도 제대로 응답해야 한다. 그리고 연구실로 돌아와 뒤집어 놓았던 자판을 다시 바르게 펼쳐 놓았다.

학교를 졸업하고 군 복무를 마친 후, 살아가기에 급급해 이후 나는 그 사돈을 만나지 못했다. 군 복무를 하는 동안 사돈은 결혼하고 분가를 한 후 다른 지방으로 이주를 한 것까지는 기억한다. 나 역시 그 도시를 떠나 타지에 있었기에 서로 멀리 떨어져 있다가 보니 왕래마저도 끊겼다. 가끔 생각이 날 때마다 서로 그저 잘 있겠거니 했을 것이다. 그런데 십수 년이 지난 어느 날 한 지인을 통해 비보가 전해졌다. 뭐가 그리 급했는지 세상을 떠났다는 소식이었다. 그것도 얼마나 시간이 지난 후에야 알게 되었으니 이 철부지하고 무심하며 몰인정한 손아래 사돈이라니….

사돈이 나를 최 박사라고 불러줬을 때, 설마 내가 진정 박사가 되리라는 예견으로 그렇게 불렀을 리는 없을 것이다. 하지만 인생은 때때로 사소한 순간을 위대하게 만든다. 말하는 대로 이루어진다고 했던가, 사돈이라는 불편함도 없애고 듣기 좋으라며 부르던 그 가짜박사가 진짜 박사가 된 것이다. 그렇다고 나의 이 작은 성취를 감히 위대하다고 말하지는 않겠다.

어느 첩첩 산골에서 태어난 철부지 코흘리개가 주위의 보살핌으로 성장한 다음 늦은 나이에 박사학위를 이수하기 전후해 인재개발원과 국내외 여러 대학의 강단에도 서봤으니 그나마 기특하고 대견하다는 정도로 여겨준다면 모를까, 후세들이 건널 인생의 징검다리에 디딤돌 하나 겨우 놓은 셈이며, 생애에 걸쳐 부끄러웠던 과거를 성찰하고 사회를 위해 봉사할 일이 아직 많다.

나와 가까운 사람들 중에서 내가 학위를 받은 것을 알게 된다면 가장 기뻐해 줄 사람 중 한 사람이 나의 성장기와 함께했던 그 사돈이었을 것이다. 그가 곁에 있었다면 나는 아마도 이렇게 말했을 것이다.

"(사돈이 아니라) 형, 나 진짜 박사가 됐어요. 축하해 줘요."

하지만 그는 지금 내 곁에, 그리고 우리 곁에 없다. 지금도 귀에 들리듯 그가 부르던 소탈하고 사소한 지금은 진짜가 된 '최 박사'라는 별호는 인생에 있어서나 학문에 있어 소중한 가치를 포기할 순간에 나를 다시 일으켜 세운 힘이 되었음을 부인할 수 없다. 그래서 나는 이 말을 믿는다.

"인생은 때때로 사소한 순간을 위대하게 만든다."

마이카 이야기

1. 베이비부머 세대

베이비부머 세대, 이 세대의 대부분은 생애에 개인소유의 자가용을 가질 것이라는 기대를 하지 못하고 성장했다.

그러나 산업화의 물결을 타고 곳곳에 새로운 도로가 뚫리고 소득수준이 높아지면서 누구랄 것도 없이 하루라도 빨리 자가용을 운행할 정도의 생활 수준을 꿈꾸며 희망에 부풀어 살았던 듯하다. 그 의미가 많이 희석되기는 했으나 그때나 지금이나 자동차를 부나 사회적 지위의 상징처럼 여기던 시절이었으니 자가용은 모두의 로망이었던 셈이다.

지금은 마치 덩치 큰 핸드백이나 가족 모두를 씌울 만큼의 큰 브랜드 우산처럼 없어서는 안 될 생활필수품이 되었지만 1990년 통계를 보면 우리나라 자가용 보유 대수가 190만대로 23명당 1대 정도의 수준이었다. 더구나 소득수준이 낮은 어떤 지자체의 경우는 195명당 1대였으니 트럭을 포함해 23가구에 1대 정도의 자가용이 있었다. 이후 1995년까지 5년 사이에 580만대로 가파른 증가세를 보였는데 이는 우리나라 경제가 70년대 후반 이후 전무후무한 호황을 누린 결과로 보아야 할 것이다.

취업을 하고 생활이 조금 안정이 되었다고 생각할 무렵인 30대 후반 어느 날 나는 생각이 나면 우선 저지르고 보는 돈키호테적 기질이 급격히 발현되면서 덜컥 승용차를 구입했다. 셋집을 전전하던 시기였는데 부지런히 저축하여 집부터 마련해야 하는 것이 한국인의 표준 라이프 싸이클이었으나 나는 급변하는 산업사회에 선배들이 해온 전철대로 살 필요는 없다는 생각과 자동차는 단순히 이동수단을 넘어선 그 무엇인가 새로운 가치를 창출할 기회가 될 것이라는 생각에 과감하게 자가용을 먼저 구입한 것이다.

집이 없으면 집을 하루라도 빨리 마련할 기동력이라도 있어야 한다는 논리를 펼쳤지만 가족들은 물론이려니와 주위의 사람들은 그 뜻에 동의하지 않았다. 나는 합리적이라는 생각을 했지만 대부분의 사람들은 부정적인 시각으로 보았으니 지금에 와서 생각을 해보면 올바른 판단은 아니었으며 내가 '돌아이'인 것을 인정하지 않을 수 없다.

더구나 경제적 여유가 있다 한들 직장인들은 차 구입에 상사의 눈치를 보던 시기니 분수없이 너무 앞서가기는 했다. 주위에서는 선망과 우려와 질시가 뒤섞인 눈으로 보았고, 아내는 불쑥 저지른 신차 구입에 어처구니가 없었던지 한 달여 말을 않았다.

여기에는 무리해서라도 일찍 차를 구입하게 된 동기가 있었다.

2. 동경에서

1989년 여름 나는 일본의 유서 깊은 동경대에서 연수를 했었다. 어느 날 지도교수는 일본의 산업발전상을 자랑하고 싶었는지 느닷없이 도쿄의 도요타자동차 전시장으로 나를 안내했다. 그런데 전시장 로비에 자동차는 없고 지금으로 치면 판매장의 키오스크 같은 기계식 자동차 그림판이 있었는데 현지 도요타의 매장 직원은 안내는 뒤로하고 타보고 싶은 모델을 선택해 단추를 누르라고 말했다.

그가 시키는 대로 모델을 골라 단추를 누르고 소파에 앉아 5분여를 기다렸을까, 필자가 점찍은 모델의 승용차가 아래층으로부터 컨베어벨트를 타고 미끄러지듯 전시장으로 들어와 눈앞에 멈춰 섰다. 그리고 제자리에서 부드럽고 안정된 회전을 했다. 고객이 이곳저곳 발걸음을 할 필요가 없도록 배려한 것 외에 고객으로 하여금 선택의 여지가 있도록 판매원의 설명이 이어졌다. 미처 예상하지 못했던 놀라운 광경에 나는 얼음이 되고야 말았다.

당시 우리보다 산업화와 선진화가 2, 30년이나 앞서있다던 일본에는 우리와 비교가 안 될 정도로 자가용이 일반화되어있었다.

캠퍼스에는 교수와 학생들이 타고 온 고급차들이 주차장을 가득 메웠음은 물론 쭉쭉 뻗은 도로와 거리는 차들로 넘쳐났다. 우리의 2000년 전후처럼 그들의 모든 생활패턴이 자동차를 중심으로 이루어지고 있었다.

귀국하면 조금 무리해서라도 차부터 사기로 했다. 자동차는 단순히 사람이나 물건을 운송하는 기계장치가 아니라 생활에 획기적인 변화를 가져옴은 물론 새로운 문화를 창출할 무언가가 있다는데 생각이 꽂혔기 때문이다. 마음속에 내재된 반일감정 때문인가 그들을 벤치마킹하는 일이 썩 내키지는 않았지만, 어차피 우리도 그들과 같은 산업화의 길을 걸을 것이기 때문이기도 했다.

3. 그로부터 30년

그로부터 30년, 고객이 스마트 폰으로 자신이 원하는 자동차를 고르고 옵션을 추가하여 입력하면 산업용 로봇들이 주문에 따라 바로 생산한다. 고객은 제작과정을 지켜볼 수 있고, 잠시 기다림 끝에 제작이 완료된 자동차를 옥상의 스카이트랙에서 직접 시운전을 해본다. 이 꿈과 같은 시스템은 CG나 SF가 아니라 H자동차그룹이 싱가포르에 짓는 글로벌혁신센터(HMGICS)의 실제 모습이다.

드라이브스루처럼 현장에서 이루어지는 이 꿈같은 구매시스템의 건립은 먼 미래의 일이 아니라 2022년에 완공될 예정이라는 뉴스다. 그것도 세계 5대 자동차회사로 발돋움한 우리나라 H그룹이 자동차 왕국이라는 일본을 뛰어넘어 세계 최초로 고객 중심의 혁신 제조 플랫폼을 본격적으로 구축하기 전에 이곳에 소규모 생산 체계를 갖추고 고객의 다양한 요구를 충족시킬 수 있는 새로운 형태의 차량 생산과 연구개발(R&D), 모빌리티 서비스 등 자동차산업 전반에 걸친 실험에 나서겠다는 것이다.

과연 자동차는 어디까지 진화할까? 눈앞에 첨단 소재와 부품, 인공지능과 ICT등 기술력을 바탕으로 한 자율주행 자동차가 완성 단계에 있다. 에너지원을 중심으로 살펴보면 하이브리드에 이어 전기차가 범용화되고 있고 수소자동차는 수출을 하는 등 실용화에 들어섰다. 하늘을 나는 플라잉카가 시운전을 하고 있는 가운데 무빙 워크처럼 차는 서 있고 도로 자체가 움직이는 시대도 예견된다. 무엇보다도 기대를 갖게 하는 일은 우리의 자동차산업이 5년 이내에 일본을 뛰어넘을 것이라는 점이다.

그러나 자동차의 진화가 반드시 인류 사회에 긍정적인 영향을 미치는 것은 아닐 것이다. 고가의 새로운 기능을 갖춘 자동차가 개발될수록 차값과 보험료는 오를 것이고 사회적으로는 마약 음주운전이 늘어나고 신종범죄 발생도 예견된다. 국세의 16.9%를 차지하는 유류세를 보충하기 위해 우리가 전혀 상상도 못 했던 새로운 세원도 나올 것이다.

미래의 자동차는 단순히 이동 수단에서 벗어나 멀티미디어, 무선 랜, 무선 인터넷 등이 네트워크로 연결되는 종합 시스템으로 사무공간이자 사람의 모든 일상을 관리하고 제어하는 컨트럴 타워 같은 스마트카가 될 것이다. 살아생전에 한 번쯤 경험해야 할 것이 아닌가.

   핸들은 건성이고 팔짱을 낀 채 영화 한 편을 보다가 보면 어느새 타지에 사는 친구의 집이나 아들딸 집에 도착해있는 그날까지 부디 건승하시기 바란다.

역마살

집에 있으면 머물고 싶고 길을 보면 떠나고 싶다고 말하는 이가 있다. 어떤 이는 집에 있으면 길이 그립고 길을 나서면 집이 그립다고도 한다.

집을 나서는 일을 가출 또는 출가라고 한다. 출가의 함의는 종교적 신념이나 어떤 목적을 두고 심리적 또는 물리적으로 온전히 집을 떠나는 것을 말하며, 가출은 가족 구성원 몰래 무단으로 집을 나서는 것을 말한다. 두 가지에 해당하지 않는 집 밖 출입은 외출이나 여행일 것이다.

누구나 젊은 시절 한두 번은 짧든 길든 가출을 한 경험이 있을 것이다. 비로소 집의 소중함을 느끼게 되는 기회이기도 했다. 돌아보면 집과 학교, 집과 직장을 오가며 인생을 보냈으니 인생이란 가출과 귀가의 반복이었던 셈이다. 그러기에 떠나있을 때는 홀가분하면서도 그립고, 길을 만나면 집을 떠나 길을 걸어보고 싶은 것이다.

직장생활을 하는 과정에서 한동안 주말부부로 지낸 적이 있었는데 나중에야 그 시절만큼 행복이 충만했던 때도 없었던 듯하다. 그래서 생긴 말이 '3대에 걸쳐 공덕을 쌓아야 누릴 수 있는 축복'이라고 했다. 아내의 잔소리를 벗어나 자유를 만끽했으니 아내 역시 마찬가지였을 것이다. 주말이면 차를 몰아 서너 시간씩 걸려 집으로 돌아오는 길은 지루함보다는 설렘으로 가득했었다.

대저 인생에 있어 집이란 무엇이며 길은 또 무엇인가. 왜 사람들은 편안한 집을 두고 그토록 길을 떠나기를 원하는 것일까. 칼릴 지브란의 명상록에는 이런 구절이 적혀있다.

내 집이 나에게 말하기를
"이곳은 당신의 추억이 묻혀있는 곳이니 나를 떠나지 마오."
그러자 길이 말하기를
"길은 당신의 미래이니 당연히 길을 가야하오."

그러기에 길은 미래를 향해 떠나라고 있는 것이며 집은 안식과 살아온 날의 흔적을 찾아 돌아오라고 있는 것이라고 해석하기로 한다. 그리고 보면 인생의 모든 것은 집을 중심으로 이루어지고 길을 따라 미래로 향한다.

길과 집을 반복하며 오가는 생의 궤적을 따라 길섶에는 날마다 이름도 모를 들꽃들이 바람에 수런거리고 하늘에는 밤마다 보석 같은 별이 피어나고 있다.

2장

삶이 그대를 속일지라도

사람이 상처를 받아도 회생할 수 있는 것은 그 상처를 잘 다스릴
능력을 지녔기 때문이다. 잘 다스린 상처에서 겸허함이 자라고,
바람에 날려 어느 돌쩌귀에 부딪혀 상처 난 채 흙 속에 묻혀있던
씨앗에서는 싱그러운 새싹이 돋는다.

운명을 지배하라

5일간의 긴 한가위 연휴를 마치고 다시 일상으로 돌아왔다. 집으로 돌아오는 길 곳곳은 정체로 인해 짜증이 고조된다. 가족 친지들과 오순도순 조상의 산소에도 다녀오고, 오랜만에 유년의 친구들도 만났으니 만족할 만한 귀향이었다.

귀경길, 가다가 시장하면 먹으라며 손맛 좋은 형수님이 정성껏 싸준 햇곡식으로 만든 송편을 먹고, 풍요롭게 오곡백과가 풍요롭게 영글어가는 들판을 바라보면서도 운전대만 잡으면 왠지 마음이 조급해진다.

어느 사이 도로는 주차장으로 변하고 차들은 마치 거대한 컨베이어벨트를 탄 양 무리를 지어 느리게 움직인다. 인내심에 한계를 느낀 어떤 운전자들이 조금이라도 먼저 도착하려고 갓길로 차를 모는 모습을 보면서 덜 평소 쓰지 않던 욕지거리를 내뱉기도 한다.

"저런 ×들 때문에 더 정체가 생겨!"

세계가 우러러보는 선진국민이 질서를 무시하며 위험을 무릅쓰고 갓길을 달리는 데는 그만한 이유는 있을 것이다. 차 안에서 위급한 환자가 발생했다거나 선택의 여지가 없도록 생리적으로 참지 못할 만큼 급하다거나…

그렇게 생각을 고쳐먹으며 스스로를 위로하고 나면 마음이 조금씩 가라앉고 가족들 앞에서 괜히 욕을 했구나 하는 후회를 하곤 한다.

때로는 스스로 참 성격이 못됐다는 자괴감에 빠질 때가 있다. "그때 한 번만 더 참았더라면…" 하고 후회를 해 보지만 그때는 이미 과거가 되어있다.

우리는 삶에 있어 어떤 일에 도전하고 그 도전이 실패로 끝나거나 목표치에 도달하지 못하면 좌절하면서 가장 쉬운 방식으로 운명에게 책임을 전가한다. 자신의 부족함보다는 남 탓을 하는 것이다.

『생의 한가운데』라는 저서로 유명한 독일 여류작가 루이제 린저는 이렇게 말한다. "운명을 받아들여야 운명과 한 몸이 된다. 운명과 한 몸이 되어야만 운명이 당신을 지배하지 않고, 바로 당신이 운명을 지배하게 될 것이다."

알쏭달쏭한 말이지만 그 속에는 아등바등 살지 않는 운명에 순응하는 인간상이 표현되어 있다. 그런가 하면 운명에게 우리의 운명을 통째 맡겨서는 안 된다는 뜻도 내포되어있다. 정체성이 모호한 그야말로 영혼이 없는 인간이 되고 말기 때문이다.

운명을 지배하려면 운명에 지배를 받거나 운명에 끌려다니지 말고 운명과 한 몸이 되라는 말인데, 그렇다면 도대체 뭘 어떻게 자신의 운명을 관리하라는 것이냐고 되물으면 이렇게 답을 하겠다.

"운명에 순응하는 일, 운명에 끌려다니지 않는 일, 운명과 한 몸이 되어 운명을 지배하는 일은 그 사람의 성격에 달려있다."

"성질머리 못 됐다"는 소리보다는 "성격 한번 좋네"라는 소리를 듣는 사람이 당장은 손해를 볼지라도 길게 보면 인생에 성공확률이 높다.

루이제 린저는 이렇게 제안한다. "운명을 긍정하라"고…. 어려운 일과 마주하거나 좌절할 때 그저 웃음으로 넘기거나 손 놓고 체념하라는 것이 아니다. 처한 상황에 대해 정확히 이해하고 삶의 일부로 받아들이는 성격의 인격체가 되라는 얘기다.

셰익스피어는 "성격이 운명을 만든다 *Character Makes Destiny*"고 했다. 그는 운명을 지배해 성공적인 삶을 산 몇 안 되는 사람 중의 한 사람이다.

세 마리의 개

겨울이 되면 생각나는 동물이 바로 강아지(개)다.

눈 쌓인 시베리아 벌판을 썰매를 끌고 가로지르는 씩씩한 알래스카 말라뮤트가 있는가 하면 눈송이가 펑펑 쏟아지는 날 어느 것이 눈송이고 어느 것이 강아지인지 모를 만큼 뛰고 뒹구는 하얀 털의 복실이 모습은 정말 정겹기 그지없다.

'사람은 누구나 세 마리의 개를 키우고 있다.'

집에서 키우는 반려견이나 시베리아에서 썰매를 끄는 개 이야기가 아니다. 억지스럽기는 하지만 견犬이 아니라 동음이의어의 '견見', 즉 세 가지 견見에 관한 이야기다.

첫 번째 우리가 기르고 있는 개는 편견偏見이다. 사전적 의미는 공정하지 못하고 한쪽으로 치우친 생각이란 뜻으로 기울여 놓은 운동장 같은 것이다. 나는 옳고 상대방은 그르다 같은 고정관념 같은 것으로 이 편견은 특히 정치집단에 심하여 국가의 미래와 역사를 다른 방향으로 몰고 가기도 한다. 개인 간에는 한쪽의 말에만 귀를 기울이거나 그것을 단정하여 오해를 불러오고 모함과 음해로 확장하면서 심하면 생뚱맞은 사람의 목숨을 빼앗기도 한다.

두 번째 기르고 있는 개는 선입견先入見이다. 어떤 대상에 대하여 이미 마음속으로 정해놓고 대하는 것이다. 학력이나 직업, 외모, 성별, 출신 지역 등에 따라 사람을 평가하는 통념과 가장 먼저 보고 들은 것에 고정되어 그것을 기정 사실화 하여 놓고 보는 것 등이다. 특정지역 사람들은 모두 좌파가 아니며, 의사는 모두 거짓말쟁이는 아니다. 삐딱한 시선과 마음가짐이 아닌 책상 위의 도화지처럼 깨끗하고 평평한 상태에서 사물을 대한다면 더없이 좋을 텐데 이 개 역시 우리가 멀리해야 할 개 중 한 마리다.

세 번째 기르고 있는 개는 참견參見이다. 특별한 이해관계도 없으면서 공연히 남의 일에 끼어들어 쓸데없이 이래라 저래라 하는 언사다. 나이가 들면서 자신의 경험과 경륜을 과시하려 하거나 외로워지다가 보니 직접 어떤 일에 참여하는 젊은 날보다 남의 일에 참견이 늘어나게 되는데 '남의 제사에 가서 감 놔라 배 놔라 하지 말라'는 옛말이 있듯이 경험과 경륜을 생각한다면 지켜보고 또 지켜보다가 자문을 구하면 그때 가서 한마디 거드는 것이 옳은 판단일 것이다. 잘못 나섰다가 듣는 소리는 '너나 잘 하세요'다.

그런데 성인군자가 되어도 그 정도만 다를 뿐 이 세 마리의 개는 누구나 키우고 있다는 것이다. 어쩌면 인간의 태생적 속성일 수도 있다. 좀처럼 우리 곁을 쉬 떠나지 않고 맴도는 세 마리의 개, 개장수가 지나가면 헐값에라도 얼른 팔아도 좋을 일이지만 이 세 마리의 개를 사는 개장수는 어디에도 없다.

회귀본능이 뛰어난 것이 '편견'과 '선입견'과 '참견'이라는 이 세 마리의 개이다가 보니 천리만리 길에 떼어놓아도 목줄을 끊고 다시 찾아오지 않겠는가 하는 생각에 경계심을 가져야겠다는 생각을 해본다.

양단간에

우리는 늘 양단간에 하나를 강요받고 살아왔다. yes와 no. 좌와 우. 진보와 보수. 죽기 아니면 살기, 선과 악. 흑과 백, 득과 실 등 이분법적 논리가 세상을 지배를 해왔던 셈이다.

세상은 그렇게 두 가지의 선택지만 존재하고 있지 않음에도 그 외에 다른 대안을 생각하는데 매우 인색했던 결과는 내 편이 아니면 적이라는 논리를 불러왔다. 극단적인 이분법적 논리로 문제를 해결하는 데 익숙해져 왔던 것이다.

이분법적 극단주의는 어떠한 문제를 양분하고 양단 외적인 것을 인정하지 않으려는 매우 편협된 사고방식이다. 이러한 극단주의는 오랫동안 권위주의적 지배층의 권력유지 도구로 이용되어 오기도 했다.

극단은 양단 간 한쪽으로 크게 치우치는 것으로 '극단주의자'는 사람을 배타적으로 대하고 자신의 믿음을 타인들에게 강요한다. 이로 인해 이성적 사고나 합리적 논리에 기초하지 않고 강요, 광신과 맹신, 혐오, 반목을 불러오고 팩트를 믿기 보다는 그것이 가짜뉴스라는 것을 알면서도 자신이 믿고 싶은 것만 믿는 '확증편향적' 경향을 띠게 된다.

어떤 결론에 거의 이르렀을 때는 의견이 둘로 좁혀질 수는 있다. 그러나 시작부터 사안의 옳고 그름이 아니라 우선 좌와 우부터 나누고 보는 진영논리로 접근하는 것은 시대정신에도 맞지 않을뿐더러 합리적이지도 정당하지도 않다는 생각이다.

양처럼 순한 사람도 이념 문제만 나오면 부모도 형제도 친구도 반목을 할 만큼 극단적으로 변하는 것은 사상과 이념을 두고 오랜 기간 다퉈 온 민족 역사의 산물일 것이다.

하지만 이제는 지구촌 많은 나라들이 부러워하는 선진 민주국가, 세계 10대 경제 대국, 세계 3대 스포츠 메이저대회(하계올림픽, 동계올림픽, 월드컵)를 치른 나라의 국민답게 여유와 성숙한 시민의식을 가지고 사고하고 판단하고 행동해야 할 것이다.

Yes냐 No냐, 죽기 아니면 까무러치기가 아니라 대안을 가지고 치열하게 토론하고 결과에 따라 폭력적이거나 혐오스럽지 않게 행동으로 저항하거나 중재 또는 민주적 절차를 통해 합리적 결론에 이르러야 할 것이다.

우리 인생사에서 맨 처음 의사결정 방법을 배운 것은 양단 간의 선택이 아니라 바로 '가위바위보'였다. 그것도 삼세판이었으니 충분히 기회도 주어졌던 셈이다.

단순의 미학美學

올해도 어김없이 한 해가 저물어 간다. 한 해를 마무리하면서 집안 대청소를 시작했다.

가끔은 가진 것이 부족함에 대해 불만을 해왔는데, 막상 정리 정돈을 시작하고 나니 괜히 시작했나 싶게 웬 정리할 것들이 이리 도 많은지 스스로 저질러 놓고도 짜증스럽기만 하다.

정작, 꼭 필요한 것은 없고, 지난 세월 충동 구매로 한두 번 입고 옷장 속에 아무렇게나 걸려있는 옷가지부터 해외 출장 때 기념으로 구매해 진열장도 아닌 곳에 던져지듯 쌓여있는 낯선 공예품과 읽는 둥 마는 둥 서고에 수북이 쌓인 책과 서류 나부랭이랑 의외로 나는 너무도 가진 것이 많아서 주체를 못하고 있는 것이 아닌가 하는 생 각도 가지게 된다.

먹지도 않을 걸 쟁여만 둔다고 필자가 늘 잔소리를 하는 아내가 관리하는 두 개의 냉장고 냉동실은 또 어떨까? 나의 영역도 아니지만 한편 이해가 되면서도 생각만 해도 끔찍해 아예 거들떠보지 않기로 한다.

치우고 또 치우기를 반복하다가 지칠 즈음에 베란다 창가에 오두마니 겨울을 나고 있는 소사나무 한그루가 눈에 띈다. 수시로 줄기의 모양을 손보고 가지치기를 하는 등으로 제법 모양이 잡혀가는 나무는 겨울에 접어들면서 스스로 잎을 떨궈 빈 가지가 좀 쓸쓸해 보이기는 하지만, 의외로 단출하고 잘 정돈된 모습이어서 부러움과 부끄러움을 함께 느끼게 한다.

'단순하게 살아라'의 저자 로타르 J. 자이베르트는 우리네 삶을 중요한 일과 급한 일을 4개의 범주로 나눠 보면 중요하고도 급한 일, 중요하지만 급하진 않은 일, 중요하진 않지만 급한 일, 그리고 중요하지도 급하지도 않은 일로 분류되는데, 대부분의 사람들은 가장 많은 시간과 에너지를 투자하는 건 중요하지도 급하지도 않은 일이다" 고 했다.

법정스님은 서울에 길상사라는 매우 큰 규모의 부동산을 시주받고도 강원도 심심산골의 초가에 적籍을 두고 무소유 한 삶을 살다가 입적을 했다. 하노이에 있는 호치민 묘소를 방문했을 때 그의 검약한 생활상을 두 눈으로 확인하고 사상과 이념을 떠나 존경심이 절로 들었는데 돌아서서 나는 그곳에서 또 몇 점의 당장 필요하지도 않은 기념품을 샀으니 이 공연하고 계획성 없는 허욕과 의지의 빈약함이라니 스스로 생각해도 한심스럽기만 하다.

이제는 생활의 범주를 좀 단순화시켜야겠다는 생각을 해 본다. 인류가 수만 년에 걸쳐 쌓아온 온갖 지식과 지혜와 각종 도구를 이용해 수십 수백 년에 걸쳐서도 풀지 못한 수식이나 정보를 0과 1이라는 단 두 개의 숫자를 컴퓨터라는 기계장치에 입력해 원하는 결과물을 만들어 내듯이, 단순해지면 의사결정도 명쾌해지는 지혜를 이 나이가 되어서야 나뭇잎을 떨군 한 그루 나무와 소소한 가사노동을 통해 익히고 배우게 된다.

탐욕으로 쌓고 또 쌓는 일은 모두 부질없다 부질없다 부질없다.

긍정의 삶 부정의 삶

세상일이나 가정사, 개인사를 긍정적으로만 생각하는 일은 결
코 쉬운 일이 아니다. 눈에 띄고 기억에 오랫동안 남는 일들은 긍정
적인 일보다 부정적인 일들이 더 많다.

자신의 의지와 상관없이 주위의 환경은 매사를 긍정하도록 내
버려 두지 않는데도 한 원인이 있지만, 오해와 편견이 작용할 수도
있고, 매사 비뚤어진 눈으로 세상을 보는 습관이 원인제공을 할 수
도 있다.

대부분의 사람들은 부정적으로 세상을 바라보는 사람의 의견에
대해서는 일단 동조를 하고 보지만 그 사람의 인격에 대해서는 즉
시 부정적인 견해를 보인다고 한다. 부정의사의 아이러니다.

한 연구소가 긍정 정서는 면역 기능을 강화하여 신체 건강을 증진할 뿐만 아니라 수명을 연장시켜 준다는 연구보고서를 내놓았다.

긍정 정서는 삶에 대한 의욕과 활기를 불어넣고, 부정 정서의 유해한 영향을 해독하는 기능을 지니며 능동적이고 이타적인 행동을 촉진한다고 한다. 또 한 긍정 정서는 인지기능과 창의성을 증진하며, 인간관계를 더 원만하고 안정적으로 만든다고도 한다.

세상사를 사시斜視로 보는 습관과 부정적인 감정을 자주 느끼고 표현하는 사람이라면 행복한 삶과 건강을 위해 긍정지수는 끌어올리고 부정지수는 끌어내리는 노력이 필요하다는 결론이다.

이제부터는 '긍정의 힘'을 굳세게 한번 믿어보기 바란다. 삶에 에너지가 팍팍 넘치도록 말이다.

세상을 비뚤어진 눈으로 보는 이여! 오늘부터 행복하고 싶다면 지금 바로 긍정적 사고로 유턴하기 바란다.

지금 이 지구상에 살아 숨 쉬고 있다는 것만으로도 얼마나 감사하고 고마운 일인가.

꿈을 적다

누구나 꿈이 있고 꿈을 꾼다. 부자가 되는 꿈부터 높은 명예를 얻는 꿈, 보람 있는 인생을 꿈꾸는 관념적이고 추상적인 이들까지 모두 꿈을 꾸며 꿈을 안고 살아간다.

공부를 하는 일은 단순히 글을 익히고 문제를 풀거나 그림을 그리는 데 그치는 것이 아니라 꿈을 적고 꿈을 그리고 꿈을 그려가는 과정이다.

어릴 때 흔히 꾸는 대통령이나 비행기 조종사, 육군 대장이 되는 뜬구름 잡듯이 막연한 꿈은 현실의 벽에 부딪혀 먼지가 되어 허공으로 사라져버렸고, 하지만 그래도 나는 꿈 꿀 수 있어 지치면서도 오늘을 살아가고 내일을 기대한다.

꿈은 미래를 만들어 내는 소중한 자원이다. 1900년 존스 홉킨스 대학의 교수인 미국의 수학자 뉴컴*Newcomb Simon*은 '인간은 절대로 엔진을 달고 하늘을 날 수 없다'는 것을 수학적으로 입증한 한 권의 책을 출판했다. 그는 하버드 대학을 졸업한 수재로 영국 왕립천문학회에서 금메달을 수상한 영향력 있는 학자였다.

그러나 그가 출간한 책의 잉크도 채 마르기도 전에 자전거 수리점을 운영하던 라이트 형제는 하늘을 날았다. 첫 비행의 체공 시간은 42초, 비행거리는 35미터에 불과했지만 라이트 형제는 자신들의 꿈이 불가능하지만은 않다는 것을 몸으로 증명했다. 그리고 우리는 지금 그 형제의 꿈 덕분에 비행기를 이용하여 국내외를 마음껏 활보하고 있다.

어린 시절부터 일관되게 꾸어 온 꿈은 생뚱맞을지 몰라도 영화감독이 되는 것이었는데 아직도 미련이 남아 그 꿈의 한 조각을 힘겹게 잡고 시간만 나면 메가폰 대신 카메라를 들고 마치 몽유병자처럼 거리와 강산의 주변들을 헤매고 다닌다. 지금 와서 생각해 보면 어렵더라도 절대 포기하지 말아야 했던 꿈이었다.

꿈이 반드시 거창해야 하는 것은 아니다. 나이가 들면 나이에 걸맞은 꿈을 꾼다. 자식들이 알콩달콩 잘 살아가기를 바라는 소박한 꿈부터 아직 이루지 못한 동유럽여행의 꿈, 그리고 건강을 위해 잃어버렸던 만보기를 다시 구입하는 소소한 꿈까지 꿈, 꿈, 꿈…, 꿈을 꾼다.

비록 작은 꿈일지라도 이를 이루기 위해 실천하는 자세가 필요하다. 우선 메모장이든 어디에든 적는 것이다. 적으면서 그 꿈을 구체화시키고, 그뿐만 아니라 크게 옮겨적어 눈에 자주 띄는 곳에 붙여놓는다면 그 꿈이 이루어질 가능성이 더 커진다.

김영삼 전 대통령은 자신의 책상 앞에 '대한민국 대통령 김영삼'이라고 붙여놓고 꿈을 이루고자 노력한 결과 대한민국 제17대 대통령이 되었고, 내 친구 중 한 명은 역시 책상 앞에 '대한민국 국회의원 ○○○'이라는 표어를 붙여놓고 국회의원의 꿈을 이루고자 애쓴 결과 3선 국회의원이 되었다.

꿈을 글로 적는 사람은 그렇지 않은 사람들에 비해 꿈을 이루는 확률이 무려 열 한배나 된다고 한다. USA TODAY가 성공한 사람의 꿈을 설문한 결과다.

그래서 나는 오늘도 이룸과 상관없이 부지런히 메모하며 나의 꿈을 보다 구체화하기 위해 노트를 펼쳐 든다. 내가 하지 못한다면 2세가, 내 2세가 해내지 못한다면 나의 3세가 해낼 것이라는 기대를 해 보기도 한다.

다만 나는 왜 그 적은 것을 책상 앞에 크게 옮겨적어 붙여놓고 꿈을 향해 달릴 생각을 못했는지 모르겠다. 작은 실천이 큰 꿈을 이뤄낸다는 사실을 뻔히 알면서도 말이다. 게으르고 소심한 것이다.

지금 우리가 누리고 있는 문명, 과학기술의 대부분은 옛날에는 모두가 꿈이라고 생각하던 것들이다.

바쁘니 우선 급한 일부터 하자고, 나이 들었다고 미루지 말라. 오전 9시에 이 책을 읽는 이들은 빈 난이 눈에 띄면 우선 '오후 2시 친구 ○○에게 전화'라고 라도 적고 볼 일이다. 그것은 지금 세상에 살아있다는 증거며 세상은 살아갈 가치가 있다는 것을 일깨워주는 행위다.

너무 흔하게 회자되긴 하지만 '적자생존'이라는 말만큼 소중한 말은 몇 없다. 그것은 삶의 희망을 적는 일이다.

상처

상처 없는 삶이 있을까? 사람들은 상처를 주고 상처를 받고 상처를 안고 살아간다. 사람도 그렇고 지구상의 모든 사물이 그렇다. 사람은 마음으로 상처를 받고 식물의 씨앗은 깊은 어둠 속에서 껍질에 상처를 입어야 비로소 움이 트고 싹이 돋는다.

상처를 주는 일은 칭찬하는 일보다 훨씬 쉽다. 하여 자신도 모르는 사이에 분명 누구에겐가 상처를 주었을 것이다. 상처는 받기 싫다고 해서 받아지지 않는 것이 아니다. 내가 그 사람에게 준 상처보다 열 배 스무 배 큰 상처를 돌려받을 수도 있다.

사람들은 어떤 이가 거절할 틈도 주지 않고 함부로 던져준 상처를 덥석 안고 그 상처를 키우며 살아가기도 한다. 사람이 상처를 받아도 치유할 수 있는 것은 그 상처를 잘 다스릴 능력을 지녔기 때문이다. 잘 다스린 상처에서 겸허함이 자라고, 바람에 날려 어느 돌쩌귀에 부딪혀 상처 난 채 흙 속에 묻혀있던 씨앗에서는 싱그러운 싹이 돋는다.

그 상처를 이겨낸 싹이 자라면서 언젠가는 소담스러운 꽃으로 피어나기를 원한다. 그 꽃 위에 영롱한 아침이슬이 진주처럼 맺어지기를 원한다. 때로는 그 상처가 아물면서 향기로운 버섯으로 돋기를 원해보기도 한다.

그리하여 그 상흔傷痕마저도 사랑할 수 있는 삶이기를 원한다.

섹시하게 더 섹시하게

일전, 한 SNS 계정에 최근 찍은 얼굴 사진을 바꿔 올렸더니 나를 아는 페친들로부터 의외의 반응이 나왔다. 젊게 사는 비결이 뭐냐고 댓글이 줄줄이 달렸다. 한마디로 쑥스러웠고 미안하기까지 하다. 젊다니? 젊게 보였다면 감사할 일이기는 하지만 결코 젊은 나이가 아니다.

비결이라면 찍은 사진을 포토샵 프로그램을 통해 연거푸 두 번 사진 보정을 했을 뿐이다. 한 번에 5년씩 두 번하면 10년이 젊어진다. 나의 계정을 본 친구들이 조작한 착시현상에 걸려든 것이다. 하지만 나는 늘 이런 생각으로 살아가기는 한다.

"섹시하게 살자."

섹시하다는 것이 반드시 성적性的 수사일 수만은 없다. 섹시하다는 것은 건강하고 아름답다는 것이다. 삶에 대한 열정이 있고 트렌드에 반응하는 속도감이 있으며, 끊임없는 무엇인가로의 추구? 그런 것이라는 생각이다.

주책스럽다거나 철딱서니가 없다는 소리를 듣더라도 젊은 날의 열정과 감각을 최대한 오래 유지하려고 노력하다가 보면 실제의 나이보다 젊게 보이고 섹시해지지 않을까 하는 생각과 실천으로 살아가는 것이다. 아니면 늙어갈 틈 없이 죽을힘을 다해 세월과 맞짱을 뜨던가….

나이 들어 섹시해진다는 것이 그리 쉬운 일이 아니다. 나름대로 노력이 필요한 것이다. 자칫 발을 헛디뎠다가는 추해지기 십상이니 말이다. 그래서 더러 스트레스도 받는다. 하지만 적당한 스트레스와 긴장감은 오히려 삶에 활력소가 된다는 사실에 우리는 주목을 해야 한다.

그리고 이것만은 꼭 실천해야 섹시해진다. 자신이 할 수 있는 능력의 10%는 반드시 남을 위해 봉사하는 것.

인생을 섹시하게 더 섹시하게…

의상에 관한 새로운 관점

　지구촌 여러 곳을 다녀본 사람들은 알겠지만 한국인처럼 의상을 잘 챙겨입는 인류도 없을 듯싶다. 자세히 뜯어보면 하나 같이 패셔니스트다.

　삼베와 옥양목, 광목 등 무명옷만 입던 백의의 민족은 본격적인 산업화 이후 불과 5,60년 사이에 세계 패션을 리드하고 옷 잘 입는 민족으로 변모한 것이다.

　세계의 패션을 주도하는 뉴욕은 물론 파리나 이탈리아의 밀라노 어느 곳에서도 한국인들의 옷차림은 눈에 두드러진다. 디자인과 색상 등 선택하는 안목과 감각도 뛰어날 뿐만 아니라 세계무대에서 한국 디자이너들의 활약 또한 대단하다.

　우리나라에 패션산업이 발달한 것은 손재주와 예술적 감각이 뛰어난 민족성, 사계절이 뚜렷한 기후조건에서 찾을 수 있을 것 같다. 특히 뚜렷한 사계절로 인해 우리나라 사람들의 의상비는 열대에 사는 시민들보다 몇 배 더 들어간다. 계절마다, 또 계절 사이사이 춘하복과 추동복까지 갖춰 입는다면 간단히 계산해도 여섯 가지의 옷이 필요하다. 관혼상제에 입을 예복과 유행에 따라 새로 구입하는 의상까지 따지면 평생 옷값만 모아 뒀더라도 결코 적잖은 금액이 될 것이다.

하기야 그것은 어디까지나 적정한 체온 유지와 피부보호 등 건강과 유행에서 뒤떨어지지 않으려는 자기취향 등 자기관리를 위한 투자일 수도 있으니 책망할 일만은 아니지만 과도하다는 생각이 드는 것도 무리가 아니다.

그러던 의상에 대한 트렌드가 요즈음 실용 위주로 많이 바뀌었다. 패션시장에 놈코어*normcore*라는 용어가 등장하면서인데, 이는 노멀*nomal*과 하드코어*hardcore*의 합성어로 꾸미지 않은 듯 자연스럽고 평범한 옷차림을 말한다. 이 용어가 등장하기까지는 세기의 귀재이자 부자인 애플의 스티브잡스가 한 몫을 단단히 했다.

애플이 지구촌의 인류를 흥분시킬만한 새로운 제품을 내놓을 매우 중요한 프리젠테이션 자리에서도 그는 늘 청바지에 검정 T셔츠 차림이었다. 우리의 정서라면 꿈도 꾸지 못할 일이지만 그는 늘 반전의 복장, 그 차림으로 세계 유수의 석학들과 경제인들 앞에서 자신감 있게 제품을 설명하고 자신을 각인시켰다.

단순히 그의 영향 때문만은 아니겠지만 요즈음 방송 출연자들도 그렇고, 회사는 물론 심지어 권위를 생명처럼 여기는 교수사회에서도 청바지와 노타이 셔츠, 스니커즈가 대세다. 결혼식장이나 장례식장에 가보면 전보다는 자유스러운 복장의 하례객이나 조문객들이 늘어나는 추세인데, 때와 장소를 가려 예의에 벗어나지 않는 정도면 일부러 멋을 부리거나 지나치게 근엄하지 않은 평범한 옷차림을 추구하는 것도 괜찮을 듯싶다.

　　유별난 패션으로 남들이 시선을 끌기보다는 무심한 듯 수수한 패션 트렌드는 오히려 평범함을 새롭게 바라보는 관점을 제공한다.

　　같은 맥락에서 패션쇼를 하러 가는 것인지 등산이 목적인지 구분이 잘 안 되는 유별난 우리나라 등산객들의 등산복장에 대한 과도한 투자(?), 한 번쯤 생각해 볼 필요가 있는 대목이다.

J 선배에게

J 선배.

겨울의 초입입니다.

매년 이맘때가 되면 늘 그랬습니다만, 누구라도 달랑 한 장 남은 캘린더를 보면서 지난 한 해를 거슬러 돌아보게 됩니다.

기쁜 일도 많았고 그만큼의 슬픈 일도 있었습니다. 아이를 장가보내면서 얻은 며느리로 인해 반생 동안 딸 없었던 아쉬움을 일거에 보상받기도 했으며, 이산가족들처럼 수십 년간 소식이 끊겼던 친구와의 드라마 같은 만남도 있었습니다.

미우나 고우나 평생을 동행하리라던 친구를 먼저 저세상으로 보내야 했던 슬픔으로 한동안 충격에서 헤어나지 못한 일도 있었지요. 카네기의 말처럼 어쩌면 우리는 1년 후면 다 잊어버릴 슬픔을 간직하느라고 무엇보다도 소중한 시간을 낭비한 것은 아닌지 모르겠습니다만 가끔씩 그를 추억했던 일들이 결코 시간 낭비는 아니었을 것입니다.

다만 그의 말처럼 소심하게 굴기엔 인생은 너무도 짧습니다. 더러 내려놓고, 더러 비우고, 더러 물처럼 바람처럼 살리라고 다짐을 해 보지만 자신의 의지와 상관없이 세상은 우리를 그냥 내버려 두지 않더군요. 온갖 주변의 유혹에 자신을 가누지 못하고 흐트러진 모습으로 한 해를 보낸 것은 아닌지 후회스러운 순간들도 겹쳐옵니다.

"인생은 실로 간단 하지만 우리 스스로가 복잡하게 만들어 버린다."는 말이 있습니다. 문명이 발달하면 할수록 세상사가 간단치 않고 복잡해져만 갑니다. 그 번잡함과 번뇌에서 벗어나려고 해도 벗어나지지 않고, 그것들과 한바탕 치고받고 싸우지만 결과는 늘 지는 게임이라는 느낌으로 살게 됩니다.

노자의 가르침처럼 시시각각으로 다가서는 인생과 싸우지 말고 무위자연無爲自然, 순리에 따르는 것이 현명한 처신이라는 생각이 듭니다. 새해는 주변을 정리 정돈하고 하고 좀 더 단순하고 명쾌하면서도 마음의 여유를 가지고 살아야겠다는 다짐을 해 봅니다. 이제는 그래도 될 나이가 된 모양입니다.

J 선배.

학창시절에 한창 유행했던 비틀즈의 노래 "Let it Be"를 다시 음
미해 봅니다.

When I find myself in times of trouble

Mother Mary comes to me

Speaking words of wisdom

"Let it be"

내가 근심의 시기에 처해 있을 때

어머니 메리가 나에게 다가와

지혜로운 말씀을 해 주셨어

"그냥 내버려 둬"

And in my hour of darkness

She is standing right in front of me

Speaking words of wisdom

"Let it be"

그리고 어둠이 내리는 시간에

어머니 메리는 내 앞에 서서

지혜의 말씀을 해주셨지

"그냥 그대로 두라고"

아이러니하게도 동서양을 떠나 기원전의 노자와 20세기의 비틀즈는 같은 급이구나 하는 생각을 했습니다. 이 노래를 들으며 길 위에서 인사를 드립니다.

"올 한해도 수고 많으셨습니다."

아~ 호모사피엔스여!

당연히 인간은 동물이다. 생물학적 인간의 위치를 분류 단계별로 보면 동물계 척색동물문*Pchordate, 脊索動物門* 포유강*Mammalia, 哺乳綱* 영장목*Primate, 靈長目* 사람과 사람속에 포함되는 사람종種이라고 나온다.

사람종, 이 단어가 사람을 가장 가깝게 부르는 명칭이라고 보면 된다. 우리는 좀 점잖게 인종人種이라고 부르는데, 스웨덴의 박물학자 카를 폰 린네*Carl von Linné*가 '호모사피엔스'라는 꽤 괜찮은 학명을 붙여줘 지구 공통으로 지금껏 쓰고 있다.

인간은 매우 특이한 동물이다. 사람종에 대해 인류학자나 생물학자들이 정리한 내용을 보면, 두뇌가 크고 말을 사용하고 불을 이용하는 것 말고도 여러 측면에서 다른 동물과 큰 차이를 보인다. 그리고 이 사람종은 지구상 생물 중 가장 상위의 먹이사슬에 위치 해 있으면서 문명이라는 이름으로 지구와 우주까지 온갖 사물들을 쥐락펴락하는 듯 보인다.

그런데 사람종에 의한 문명의 발달이 반드시 지구촌의 번성만을 가져온 것일까? 전쟁과 기아와 질병, 그리고 환경의 파괴로 생태계가 무너짐으로 인한 미래에 대한 불안 등 오히려 부정적 요소들을 더 많이 낳았다. 어떤 학자는 사람종에 속하는 동물들이 지구촌에서 사라지면 그때야 비로소 평화가 오는 시점이라고까지 말한다.

작금 지구촌에 엄청난 피해를 입히고 있는 감염병을 비롯해 지진, 홍수, 산불, 허리케인에 의한 재앙을 보면서 신의 분노인지 자연의 섭리인지는 잘 알 수는 없지만 사람종은 그동안 지구와 우주를 상대로 못 할 짓을 많이 했다는 결론에 이른다.

우주 어느 한쪽에서는 사람종을 마치 겨자 씨앗처럼 손바닥 위에 올려놓고 이거 혹하고 불어 말어 하고 재고 있는 존재가 있을지도 모른다.

그러니 호모사피엔스여! 사람종은 지구상에 오래 생존하고 싶으면 그저 한없이 낮은 자세로 대자연 앞에서 비굴하다 할 만큼 겸손하고 볼 일이다.

욜로 욜로 *Yolo Yolo*!

욜로Yolo, 2020년을 넘어선 작금 지구적 트렌드는 '욜로*Yolo*(You only live once)'였던 듯싶다.

돈만 생기면 먹고 싸고 놀러만 다닌다고 몰아치는 어른들에게 '인생은 두 번 있지 않다'는 것이 요즈음 흔히 말하는 욜로족들의 항변이다. '유비무환', 항상 미래를 준비하고 대비하라는 미래에 방점을 둔 과거의 가치는 점진적으로 가라앉고 현재에 삶에 집중하고 욕망에 충실 하라는 '욜로 라이프'가 뜨고 있는 것이다.

노후를 대비해 돈을 모으기보다는 자기개발이나 취미생활을 우선하거나 새로운 일에 주저 없이 도전하고, 모은 돈으로 여행을 떠나는 것을 로망으로 여기는 욜로족. 내 삶의 중심은 나요 오직 한 번 뿐인 인생을 내 중심으로 의미 있게 살자는 새로운 가치관과 태도를 요즘 젊은이들에게서 발견하기 어렵지 않은 세상이 되었다.

아내는 나에게 50년의 역사를 가진 욜로족의 원조라고까지 눈에 쌍심지를 켜는 걸 보면 스스로 자기중심적으로만 살아왔음을 부정할 수 없다.

노후를 대비해 저축하기 보다는 원하는 것은 닥치는 대로 사고 모으고, 새로운 일을 무모하리만치 털썩털썩 저지르거나, 돈만 생기면 훌쩍 어디론가 떠나는 모습에서 영락없는 욜로족을 본다는 뜻이다.

하지만 불확실성이 큰 미래를 선택하기보다는 지금 이 순간을 중시하고 욕망에 충실한 것이 그리 나쁜 것만은 아니라는 것이다. 그야말로 인생 두 번 사는 것도 아닌데 그런대로 괜찮은 생활방식이 아니겠는가.

이 시대에 가장 못난 사람은 자식에게 물려주려는지 얼마 되지도 않는 재산을 움켜쥐고 전전긍긍하는 사람들이다. 물론 많은 재산을 물려주면 더없이 좋을 일이겠지만, 자식들은 자식들대로 잘살거나 못살거나 시대적 트렌드에 맞춰 스스로 마련한 돈으로 살아갈 것이다.

다만 얼마라도 자식들에게 물려주기 위해 여행 한 번 못 가는 분이 계시다면 주저 말고 지금 당장 가까운 휴양지라도 훌쩍 떠나고 볼 일이다.

정리해 보면 불확실한 미래를 걱정만 하며 인생을 낭비하느니 지금의 삶에 충실하면서 지금 내가 하고 싶은 일을 우선하는 것이 진정한 욜로의 의미다.

미래를 위한 준비도 게을리해서는 안 되겠지만, 한 번뿐인 인생, 지금 이 순간을 즐겁게 살려는 욕구가 잘못되기라도 한 것인가?

파리로 가는 길

강릉역에서 파리행 유라시아 대륙을 횡단하는 열차를 타게 된 것은 큰 행운이었다. 워낙 많은 사람들이 이 열차를 타기 위해 수년 전 부터 예약을 했기 때문이다.

나는 이 티켓을 구입하기 위해 파리로 가는 비행기표 보다 비싼 왕복 2백여만 원이나 여행사에 지불해야 했다. 이렇게 손에 쥔 티켓으로 탄 부산에서 출발한 ITX는 오후 2시에 강릉역을 출발했다. 그리고 원산과 나진, 하바롭스크와 이르크추크, 모스코바를 거쳐 9일 후인 2025년 10월 22일 파리에 도착을 하게 될 것이다.

동해안을 따라 1시간 30분 후인 3시 30분에 원산에 도착한 동해선 열차는 서울에서 출발한 경원선 KTX와 합류했다. 원산에서는 열차의 몸체를 표준궤에서 광궤로 옮기느라 다소 시간을 소요해야 했다. 그런 다음에야 비로소 열차는 제 모양을 찾은 양 하바롭스크를 향해 움직이기 시작한다.

부산에서 원산까지는 시속 110km, 원산에서부터 하바롭스크까지는 절반 수준을 약간 넘는 시속 70km로 줄어든다. 하지만 여행객들에게는 오히려 주변 풍광을 바라볼 수 있는 여유와 즐거움을 준다.

나진을 향해 출발한 열차는 타임머신을 타고 20여 년 전쯤으로 돌아가 통일호를 추억하게 한다. 흔들거리고 덜컹거리는 소리가 20여 년 전 통일호와 매우 흡사했기 때문이다.

달리는 기차 안은 폐쇄된 공간이기도 하고 열린 공간이기도 하다. 나진역에서는 수소자동차 엑스포에 참가하기 위해 모스코바로 가는 북한 무역상 동포 김씨 일행을 만났다. 그들 일행은 우리가 남한에서 출발한 관광객임을 한눈에 알아보고 투박한 함경도 사투리를 담아 정겨운 인사를 건넨다.

"남강원도에서 오시누만요. 반갑습네다"

통성명을 한 우리는 열차에서 파는 맥○널드 햄버거와 대○강 맥주를 먹고 마시고 셀카도 찍으면서 오랜만에 진한 동포애도 나누었다. 남과 북의 기찻길이 연결된 지 얼마 되지는 않았지만, 그들은 생각했던 것보다도 우리를 대하는 태도가 스스럼이 없다.

강릉에서 파리까지 약 1만 2천㎞, 담소를 나누는 사이 열차는 울란우데를 막 지나자 러시아 미녀를 닮은 자작나무의 희디흰 나신들이 차창을 스쳐가기 시작한다.

잠시 눈을 붙인 후 나는 노보시비르스크에서 다시 소식을 전할 것이다.

오늘도 걷는다만은…

"오늘~~도~~ 걷는 다~ 만은 정처 없~~는~이 발~~길…"

인생 선배들은 '나그네 설움'이라는 이 노래를 곧잘 흥얼거리곤 했다. 곧잘 이라기보다는 막걸리라도 한잔 들어가면 인생 18번이었던 사람들이 의외로 많았다.

그들이 걸어야 했던 시대는 참으로 암울하고 고단했다. 일제강점기, 해방에 이어 전란을 겪기도 하고 보릿고개라는 찢어지게 가난한 고난의 세월을 보내야 했는가 하면 이념의 혼돈 속에 갈 길을 잃고 정처 없이 떠돌아야 했던 군상들…. 어느 누군들 살아오던 한때나마 갈 길을 잃고 정처 없이 거닐던 나그네가 아닌 적이 있었던가. 산업화로 살림살이가 조금씩 나아지고 먹고 살만 해졌지만, 그 걸음

걸음은 또 다른 가치와 고뇌로 가득 찬 그대로였다.

하지만 그들이 있었기에 지금 걷는 이여 기뻐하십시오.
뛰는 이여 스스로를 찬양하십시오.
지금 걷고 있다는 것은 살아있다는 것이며 좀 더 빠르게 걷는다는
것은 그만큼 건강하다는 증거입니다. 숨차게 뛸 수 있다면 아직
할 일이 많다는 신의 주문입니다.

오늘도 걷는 이여!
정처 없이 걷는 이여!
아니면 정처가 있어 마음 여유롭게 걷는 이여!
또는 내일을 향해 숨차게 달리는 이여!
세상의 모순과 갈등과 고뇌와 아픔과 슬픔과 싸우며 걷거나
달리는 이여!

걸으면서 살아온 날을 돌아보고
걸으면서 내일을 꿈꾸고
걸으면서 소홀히 했던 주변을 돌아보고
걸으면서 그동안 못다 흘린 땀도 흘리며
생생히 살아있음을 증거하십시오.

우유를 마시는 사람보다 배달하는 사람이 더 건강하다고 했으니 정처가 있든 없든 자국이 남든 안 남든 가리지 말고 걸으십시오. 출발할 때 송곳 끝 같은 마음이 쟁반만 한 보름달이 될 때까지 걸으십시오. 꼬였던 생각과 관계가 유유히 흐르는 강물처럼 풀어질 때까지 걸으십시오.

울적했던 마음이 솜사탕처럼 가벼워질 때까지 걸으십시오. 혼자라면 사색을 할 수 있어 좋고

누군가 함께라면 도란도란 이야기도 나누며 더 오래 걸을 수 있습니다. 걷다가 보면저 숲에 부는 싱그러운 바람도 까마득히 잊었던 옛님도 구름에 달처럼 함께 하리니….

그렇다. 걷는다는 것은 씨줄로 날줄로 한땀 한땀 바느질을 하여 입을 옷을 깁는 것처럼 살아온 우리의 구멍 난 인생을 메우는 일인지도 모른다. 또는 새로운 출구를 찾아 차분히 떠나는 길일 수도 있다.

3장

첫사랑 주의보

TV로 첫눈이 내린다는 예보가 있는 어느 날,
산골마을 앰프에서 정겨운 마을 이장님의
이런 멘트가 고즈넉이 울려 퍼졌으면 좋겠다.

"아, 아, 주민 여러분! 다시 한번 알려드립니다.
오늘 한반도 전역에 '첫사랑 주의보'가 내려졌습니다."

봄날

어쩐지 창밖 세상이 소란하다 했다. 언 땅이 녹고 앞뜰의 키 작은 나무들은 가지마다 연두색 앙증맞은 움도 달았다. 양지녘에 서서 햇살을 쪼이며 먼 산을 보니 언제 내려 쌓였던가 싶게 산정의 눈들이 사라지고 없다. 마음이 설레어 오고 남쪽으로 난 창을 여니 바람에는 그새 온기가 스며있다.

봄은 영락없이 우리 곁으로 오고, 오늘은 작심하고 겨우내 더 희어진 수염도 깎고 봄바람이 스며들도록 가벼운 옷으로 갈아입은 다음 거리로 들로 나서봐야겠다. 골목길에서는 어느 집 허름한 계단 아래서 혹한을 이겨내고 산책에 나선 길냥이도 만날 수 있을 것이며, 양지바른 곳에 자리한 바지런한 퇴직자의 집 담장 넘어 목련

나무 가지에 매달린 윤기 자르르한 꽃눈도 바라볼 수 있을 것이다.

겨우내 찾지 않았던 박물관 뒤편 노지에서 눈비를 맞으며 동안거를 보낸 팔 깍지 낀 석상도 만날 수 있을 것이니, 언제나 무덤덤했던 표정이 어느새 살포시 미소 띤 얼굴로 변했기를 기대해 보기도 한다.

길을 나선 김에 친구의 농막에 들려 새벽같이 받아낸 고로쇠 수액 한 대접 들이켜 겨우내 묵고 찌든 속을 씻어내고 아직은 덜 풀린 얼음장 속으로 돌돌 흐르는 시냇물 소리도 들어주자. 어느 한적한 농가의 서까래에 매달린 누룩 익는 향기도 맡을 수 있을 것이며, 잉잉대는 일벌들의 날갯짓 소리도 듣고, 막 물이 오르기 시작해 제법 통통해진 찔레나무 넝쿨 사이로 멧새들이 포롱포롱 재주를 넘는 모습도 볼 수 있을 것이다.

'나비의 꿈'은 어디 장자만의 전유물이던가. 긴 잠에서 깨어난 나비가 되어 세상 어디라도 날아도 보자. 마스크를 여며 쓴 장자의 모습은 생각만으로도 절로 웃음이 나오지만 아무렴 어떤가.

젖은 땅은 흙을 가르며 새싹들을 밀어 올리고 남대천의 숭어떼가 힘찬 도약을 하는가 싶더니 더불어 온 삭신이 근질거려오는 다시 새봄인 것을….

너도 그렇다

    다시 봄이 오고, 어느 날부터 화르르 화르르 꽃들이 피기 시작했다. 시골 마을의 돌담 안마당에는 앵두꽃이 피고, 아파트 울타리에는 개나리가 만발하는가 싶더니 양지 녘 화단에는 올해 처음 튤립이 고고하게 꽃망울을 맺었다.

    강변을 따라 산책길에는 벚꽃이 지천이고 이산 저산 골짝마다 산벚꽃이 화사하다. 뿐만인가. 캠퍼스 낡은 연구실 창 앞에 핀 자목련이 올 따라 유난히 눈길을 끈다. 꽃들의 유혹에 가끔씩 창밖을 내다보는 젊은이들의 가슴이 설레어 올 것이다.

    나무들은 겨우내 땅속까지 얼어붙고 뿌리까지 흔드는 혹독한 바람과 추위를 이겨내고 봄이 오면 격정처럼 꽃들을 토해낸다.지난해 제 온몸을 던져 꽃을 피웠던 여러해살이 식물들은 언 땅에 뿌리

를 숨기고 있다가 봄이면 영락없이 하늘을 향해 몸을
열어 저마다의 모양과 저마다의 색으로 꽃을 피운다.

잎보다 꽃을 먼저 피우는 나무들이 있는가 하면 잎을 피운 다음
에 꽃을 피우는 나무들도 있다. 어떤 것이 순리인지 혼돈도 잠시, 막
피어나 가지를 장식하는 연두의 잎들과 꽃들은 올해도 찬란하고 눈
부시다. 봄마다 꽃이 피지만 우리는 꽃들이 피는 이유를 묻지 않는
다. 봄이면 늘 그래왔기 때문이기도 하지만 굳이 묻거나 따질 사유
도 없기 때문이기도 하다. 다만 꽃들은 때가 되면 의당 그래야 하는
것처럼 제모습대로 피어나 사람들의 발길을 머물게 하고 벌과 나비
를 불러 들인다.

사람들은 꽃의 생을 곧잘 사람의 인생에 비유를 한다. 순간이동
이 가능한 사람과 제자리에서 온갖 풍상을 겪으며 꽃을 피워야 하
는 식물은 신이 준 역할이나 그 생체구성은 다르지만 생애의 과정
은 닮았다는 것이다. 하지만 나름 생의 패턴이 있기에 사람은 사람
대로 꽃은 꽃대로 저마다 사명을 다하며 의미 있는 생을 살아간다.

봄이 오기 무섭게 화들짝 피는 꽃들은 시샘하듯 바람이 불어 훨
훨 날려도 아름답고 뚝 뚝 떨어져 누우면 코끝이 시큼하도록 애잔
하다. 초저녁 상현달이 뜨듯 희디흰 목련이 피고 새벽이면 별이 사
라지듯 시나브로 벚꽃이 지면서 봄날이 간다. 곧 가지마다 연두색
잎들이 치열하게 피어나면서 오는 여름은 예년보다 더 푸르며 향기
로울 것이다. 너도 그렇다.

봄날은 간다

꽃은 화사해서 좋고
잎은 푸르러서 좋아라
꽃이 진 다음 잎이 피어 빈자리를 메우니
봄 간다 서러워 마라

연두색 별들이 가지마다 열렸으니
몇 잎 따다가
그대 손 위에 놓아 주고싶다.

지난 주말 벚꽃 잎이 바람에 흩날리는 공원 벤치에 앉아서 날려
쓴 메모 한 자락이다. 내 작은 수첩은 늘 이런 허접하기 짝이 없는

글귀들로 낙서되어 있다.

이런 메모들은 PC의 워드 작업을 거쳐 신문의 칼럼이 되고 인터넷 싸이트나 즐겨 찾는 홈페이지의 작은 공간을 차지하기도 한다. 요즈음은 주로 스마트폰의 메모장을 이용하기도 하는데 지난주는 그러고 싶었던가 왠지 손 글씨로 메모를 해 두었다.

순간순간이 너무 소중해서, 그리고 훌쩍 지나가 버리면 잊혀지니까 늘 메모하고 스마트폰의 카메라로 장면을 스케치해 시간과 세월을 갈무리해 두려는 나만의 삶의 방식이다. 이런 메모장은 아마 서고에, 연구실에, 차 트렁크 구석구석까지 뒤지면 아마 수십 권은 될 듯 싶다.

어떤 이는 하루같이 일기를 쓰고, 다른 이는 생각이 떠오를 때마다 시를 쓰고, 누구는 머릿속이나 가슴속에 잊고 싶지 않은 장면이나 사건을 곱게 저장해둘 것이다.

기억과 추억의 한계를 넘기 어려워 한 줄 글을 쓰는 사이 벚꽃이 바람에 흩날리면서 남도 어딘가에는 청보리가 이랑이랑 피어날 것이다.

아~~ 시나브로 봄날이 가고 있다.

망종일기

"누가 뭐래도 사람이 꽃보다 아름다워~~~"

출근길, 평소 안 틀던 라디오의 볼륨을 높였더니 안치환이 부르는 '사람이 꽃보다 아름다워'가 흘러나온다. '과연 그런가? 온갖 범죄와 위선이 판을 치는 이 험난한 세상에 진정 사람이 꽃보다 아름다운 것일까?'

세상에는 꽃처럼 아름다운 사람도 많지만 배신, 잔인함, 교활함, 탐욕 등 사람만큼 무섭고 두려운 존재가 또 있을까 싶기도 하다.

아둥바둥 사람에 치여 살다가 보니 사람을 좀 멀리하고 싶어 핸들을 잡고 훌쩍 사람이 없는 곳으로 떠날 때가 있다. 그러나 어느 날에는 혼자 있는 스스로가 너무 서럽고 외로워 사람을 만나러 핸들을 잡고 훌쩍 그를 만나러 떠날 때도 있다. 사람 냄새가 나는 그런 사람이 그리운 것이다. 물론 만나려는 사람이 꼭 티 없이 맑은 영혼을 가졌거나 꽃보다 아름답거나 꽃향기가 나는 사람이어야 하는 것은 아니다.

이때쯤 햇보리 서리를 하고 모닥불에 태워 입 주변이 시커멓도록 까먹을 때의 풋풋한 냄새가 나는 유년의 그 사람, 만날 때마다 소박한 들꽃 향기가 나던 이제는 꿈속에서도 잘 나타나지 않는 그 사람이거나….

오늘은 막걸리의 구수함이 배인, 더하여 넉넉한 웃음으로 반겨 맞아 줄 진정 소통 냄새가 배인 사람 냄새가 나는 그런 사람을 만나고 싶다.

그와 함께 햇 보리밥을 뽀글장에 푹푹 비벼 상추쌈에 싸서 입안 가득 우겨넣고 우걱우걱 함께 먹고 싶다.

어느새 절기는 햇보리를 수확한다는 망종으로 치닫고 있다.

23시 50분

"예측할 수 없는 지진과 쓰나미, 가뭄과 홍수, 폭설과 한파, 이로 인한 생태계 파괴 등 인간에게 숱한 시달림을 받고 몸살을 앓던 환경이 드디어 인류를 향한 반격을 시작했다.

인류가 당연시하며 누려온 생태계는 지금 심한 몸살에 걸려 있다. 국가 간의 경쟁적 산업화는 난해한 환경 트러블을 일으키고 그 그물망에 걸려들어 좀처럼 헤어나지 못하고 있는 모습을 보면서 인간이 얼마나 어리석은 만물의 영장인가를 깨닫게 된다.

(중략)

46억 년 전, 빅뱅으로 탄생한 지구의 수명을 24시간으로 본다면 지금 우리는 23시 50분에 살고 있다는 어느 학자의 말처럼 다음 세대에 물려줄 자연유산은 곧 바닥을 드러낼지도 모른다."

7년여 전, 2011년 10월 14일 금요일 모 일간지에 게재한 「환경의 대반격, 비상구는 어디인가?」라는 제목의 나의 칼럼은 이렇게 시작된다.

'축복받은 불안'의 저자 폴 호켄은 "지금 우리는 지구촌의 미래를 훔쳐 현재에 팔고 있으며, 그것을 우리는 국내 총생산(GDP)이라고 부른다"며 마구잡이식 개발중심의 급속한 지구생태계 파괴를 경고한다. 그렇다면 환경의 대반격으로부터 벗어날 수 있는 비상구는 어디인가?

거창한 구호보다는 생활 속의 작은 실천이 인류를 구해낼 방도일 수도 있다. 좀 덜 누리자는 것이다. 물질 만능시대에 세상 사람 모두가 법정스님의 말씀처럼 욕심을 버리고 무소유로 살 수는 없는 일이다. 하지만 지금까지 보다는 좀 덜 소유하고, 덜 쓰고, 덜 먹고, 넘쳐나는 것이 있다면 나눔을 실천하는 것이 우리가 함부로 파괴하고 미리 빌려 쓴 환경을 조금씩이라도 갚아 나가면서 탈출하는 길이 아닐까. 북극의 눈물이 인류에게 피눈물로 다가오기 전에 말이다."

기록적인 폭염이다. 덥다가 못해 숫제 커다란 압력밥솥 안에 들어앉아 있는 느낌이다. 아마 선풍기나 에어컨이라도 없었다면 미쳐서 돌아간 사람들이 한둘이 아닐 것이다. 급속한 산업화와 인간의 이기심이 불러온 지구촌의 재앙이라면 재앙이다.

지금 당장도 문제이지만 지구촌을 휩쓸고 있는 이 여름, 자연의 광기狂氣가 당장 올겨울에는 어떤 이름으로 어떤 재앙을 몰고 올지 심히 걱정스럽다.

장마

입추를 넘기면서까지 이어진 긴 장마가 끝났다. 그야말로 길 장
長자字 '장마'였다. 아직 무더위가 기승을 부리고는 있지만 코로나19
에 물난리까지 정신없이 이중고를 겪던 차에 절기는 어느새 가을에
들어선 것이다.

철없던 유년의 장마는 즐거움 그 자체였다. 그 시절 장마는 더
러 여러 날에 걸쳐 비가 내리기도 했지만 대부분 무더위를 식히는
열대지방의 스콜처럼 한낮에 간헐적으로 한 바탕씩 소나기를 내려
주고 그치곤 했다. 그때마다 양철지붕 골을 타고내리는 낙숫물을
대야에 받아 머리를 감거나 섬돌 틈바귀에 숨은 듯 피어난 채송화
를 물끄러미 바라보다 오수에 젖어 들기도 했는데, 누님들이 봉숭

아 붉은 꽃잎을 백반과 버무려 질경이 잎에 싸서 손톱에 무명실로 처매어주던 시간도 소나기가 쏟아붓던 그 시간이었다.

어느 날은 깜빡 낮잠이 들었는데 형이 유난스럽게 깨우며 등교가 늦었다기에 아침밥도 거른 채 집에서 학교까지 십여 리 길을 땀을 뻘뻘 흘리며 달려갔는데… 학교에서 아무리 기다려도 학생들은 오지 않고 날씨가 조금씩 개이면서 서쪽 하늘에 저녁놀이 곱게 물들고 있었다. 그제야 속은 것을 알고 분하고 억울해 울면서 집으로 돌아온 적도 있었는데 장마에는 시간과 공간에 대한 분별력이 희박해져 생긴 지금도 빙긋이 웃음이 지어지는 기억의 한 장면이다.

소나기가 멎으면 거짓말처럼 하늘은 티 하나 없는 쪽빛으로 변하고 흐르듯 이동하던 소낙비를 따라 먼 산 위로 피어나던 무지개는 채도를 더했으며, 왕거미가 쳐놓은 거미줄에 알알이 맺혔던 물방울은 보석처럼 햇살에 반짝이며 금시라도 털어질 듯 바람에 일렁였다. 그제야 악동들은 반쯤 풀린 눈을 비비고 일어나 다람쥐처럼 날렵한 몸을 날려 반두나 족대를 들고 냇가로 달려나가곤 했는데 나는 영양실조로 얼굴에 온통 버짐이 번진 아이들에게 영양 보충의 보고였으며 가장 친근한 놀이터였다.

내에는 송사리 버들치 꺽지 깔딱메기 피라미 쉬리 퉁가리 미꾸라지 등이 어우러져 살았는데 이런 잡어들을 딱 먹을 만큼만 잡아 잘 익은 고추장 듬뿍 풀고 수제비를 넣고 끓여 먹던 매운탕의 맛을 어찌 잊을 수 있을까. 먹고 또 먹어도 배고프던 시절이었다.

아직 옅은 구름이 아쉬운 듯 하늘가를 맴돌며 떠나지 않고 있지만 올 장~마는 이렇게 대단원의 막을 내렸다. 내심 올여름에는 홀쩍 고향마을로 가서 함께 자랐던 악동들을 만나 그 시절처럼 소나기에 온몸을 맡겨보리라 생각을 했지만 녀석들은 무엇이 그리 급했는지 서둘러 먼 세상으로 갔거나 대부분 객지에 나가 살고들 있으니 미리 약속을 잡기 전에는 그마저도 쉽지가 않다.

　이미 허물어지고 그을음 낀 구들장 몇 장 뒹구는 고향집 텃밭 한 편에는 올해도 백일홍이 흐드러지게 피어있을 것이다.

미크로네시아의 추장

　나중에 인터넷 검색을 해서야 알게 된 일이지만 미크로네시아
는 태평양 북서부에 적도 북쪽에 위치한 크고 작은 607개의 섬으로
구성된 제도다.

　국가라고 하기에는 너무나 작은 공화국 미크로네시아는 그리스
어로 '작다'는 뜻의 mikros와 '제도'라는 뜻의 nesoi에서 유래되었는
데 지도에도 잘 표기가 되지 않는 인구 10만의 그야말로 초미니 국
가다.

　일본의 한 탐험가에 발견된 1914년 이후 일본과 미국이 순차적
으로 점령하여 관할을 했으나 이후 1978년 제안된 헌법을 투표에
부쳐 미크로네시아연방이 형성되었고 유엔에서 삼권이 분립된 헌
법이 채택됨으로써 비로소 주권국가의 모습을 갖추게 된다.

    2018년 가을, 한반도를 강타한 '솔릭'은 작지만 할 것은 다 해야 하는 주권국 미크로네시아의 기상청이 지은 이름이다. 그 뜻은 '전설 속의 추장'이다. 남태평양 이름도 알 수 없는 섬마을의 추장이나 대지를 숭상하는 인디언 추장이나 가릴 것 없이 추장은 지혜롭고 용맹한 사람의 몫이다.

    추장 솔릭은 참으로 용맹하기도 했고, 지혜로웠다. 피해는 좀 있었지만 지난 6년 동안 해마다 적조현상을 보였던 서남해를 한바탕 뒤집어 놓았는가 하면 내륙에는 큰 피해 없이 단비를 뿌리면서 한 달여간 지속되던 끔찍한 더위까지 몰고 동해안을 거치면서 조용히 사라진 것이다.

    미크로네시아인들만 알고 있는 전설 속의 추장 솔릭, 그가 마지막 택한 진로가 하필 동해안이었을까? 매미와 루사의 그 끔찍했던 기억을 갖고 있는 우리는 그의 땅을 찾아가 정중히 감사의 제사라도 올려줘야 되는 것이 아닌가 하는 생각마저 갖게 한다.

    솔릭, 그가 우리를 찾아 줬으니 이번에는 우리가 그를 찾아줘야 할 차례다. 크로네시아, 지도를 펼쳐 놓고 어렵사리 찾아낸 미지의 섬을 나는 나의 여행 버킷리스트에 올려 놓았다.

晚秋

　한여름의 무더위를 이겨내고 시나브로 내려앉은 가을 뜨락에
서면 왠지 길을 떠나고 싶어진다. 딱히 가야 할 곳도 없으면서 공연
히 마음을 잡지 못하고 마당 주위를 서성이는 것이다.

　길을 떠나려면 이것저것 준비해야 한다. 모처럼 집 밖에서 만
날 풍경과 사람에 대한 설렘에 마음을 지그시 누르며, 애마의 이곳
저곳도 미리 점검해야 하고 약간의 갈아입을 옷과 여행지에서 읽을
가벼운 내용의 책도 한두 권 선정해야 한다. 조금씩 채워나가다가
보니 준비가 복잡해지는가 싶더니 기어이 먼지가 뽀얗게 내려앉은
여행용 캐리어까지 등장한다.

　게으름 아니면 귀차니즘 때문인가 오래전부터 복잡한 일상에
서 벗어나 단순하게 사는 방법을 강구해 온 덕에 그럴 바에는 아예

생각을 바꾸기로 한다. 꼭 멀리 가야 할 일만은 아니지 않는가. 차도 두고, 옷도 책도 두고 설렘도 색종이처럼 작게 접은 다음 새벽시장에서 산 김밥 세 줄과 두 번 먹을 분량의 커피가 든 보온병, 물 한 병을 넣은 걸망을 멘 소탈한 차림만으로 길을 떠나기로 한다.

만추晚秋

가을에는 훌쩍 떠나 볼 일이다.
요란하게 짐을 꾸릴 것도 없이
손에 잡히는 대로 몇 가지 걸망에 넣어 메고
그렇게 훌쩍 떠나 볼 일이다

멀리 가야 할 일도 없다
늦은 아침 물안개를 따라 떠났다가
저녁에 노을 타는 냄새를 맡으며 돌아온들 어떠리

쑥부쟁이가 가없이 펼쳐져 있고
제무시가 시커먼 매연을 내뿜던 옛 산판길이라도 좋고
미루나무가 늘어선 신작로라면 더 좋다

은빛 억새가 쓰러지도록 바람에 일렁이면

잠시 쉬면서 삶의 모서리에 다친 마음도 달래고
말라 부스러지는 영혼을 눈물로 적셔도 주자

눈도 깊어지고
가슴도 깊어지고
추억도 깊어져
온통 깊어진 마음으로 돌아오면 된다

가을엔 그저 훌쩍 떠나 볼 일이다.
붉은 석양을 바라보며 허적허적 산모랭이를 돌아 집에 돌아와
허기진 배를 채운 다음

아내의 퍼진 허벅지를 베고
주절 주절 옛이야기를 하다가
가을 낙엽처럼
시나브로 잠들 일이다.
잔잔히 코고는 소리에 깊어가는 만추晩秋

가을비 우산 속

길고 긴 가을 가뭄 끝에 가을비가 내리고 있다. 가을비는 성급히 떨어져 뒹구는 보도 위의 낙엽을 적시고 안개로 뽀얀 강변에도 갈증을 풀어내듯 내린다.

지난 시월은 누구에게나 참 바쁜 계절이었다. 농부들은 추수에 바빴고, 어부들은 전어잡이에 바빴으며, 직장인과 백수들은 곳곳에서 펼쳐진 행사장과 단풍으로 물든 산과 들을 분주히 찾아다니느라 바빴고, 나는 주말마다 몇 건씩 치러지는 친지 친구 자제들이 올리는 결혼식장을 찾느라 바빴다. 바쁨 그 속에는 한차례 친구 자제의 주례를 서주는 일도 있었으니 몸가짐까지 조신까지 해야 했다.

그 바쁨을 접고 잠시 쉬어가라고, 서두르지 말고 쉬엄쉬엄 인생

길을 가라고 하늘이 은전처럼 내리는 비라는 생각이 든다. 이런 시기의 휴식은 마치 잘 만들어진 스페인산 초코처럼 그럴 수 없이 달콤 쌉쌀하다.

가을비 덕분에 잠시 쉬면서 그동안 소홀히 했던 친구에게 안부 전화도 넣어보고, 소파 위를 뒹굴며 한동안 잊고 지냈던 가을 노래도 듣다가 스르르 꿀맛 같은 낮잠도 한잠 잤다.

어제 사소한 다툼 때문인지 어색한 표정과 몸짓으로 슬그머니 서고에 커피 한잔을 넣어주고 시장길에 나서는 아내는 마당에 내려서서야 저 멀리서 찡긋 눈짓을 보내고 우산 속으로 몸을 숨겼다.

저 숲의 무수한 나무들처럼 나도 물들어가고 너도 물들어가는가 싶더니 비에 젖은 우산이 유난히 빨갛게 보이는 가을 끝자락이다. 오늘이 입동이라니 곧 첫눈도 내릴 것이다.

네 번째 손가락

주먹을 쥔 다음 새끼손가락부터 손가락을 하나씩 펴보자. 가엽게도 네 번째 손가락은 절반 정도도 채 펴지지 않는다. 중지가 함께 일어나 주면 조금 더 허리를 펴고 검지와 엄지까지 모두 펴지면 그때 비로소 온전하게 펴진다. 자연의 이치, 자연의 목소리에 의존하고 살아온 인디언들은 아이가 태어나면 자연의 현상들을 인용하여 '바람의 아들'이나 '다시 태어난 돌주먹'이라고 작명을 하듯 11월을 '네번째 손가락의 달"이라고 부른다.

11월에 들어서 날씨가 추워지기 시작하면서 그들은 다소 느슨했던 사냥을 서두르고, 겨울에 일용할 식량과 지필 땔감도 구하며 월동준비를 한다. 미처 추위에 대비하지 못한 가운데 겨울준비를 해야 하기 때문에 서로 가진 온기를 나누고 도움을 주고받으며 11월을 보내야 하는 것이다. 우리의 조상들이 '일손이 부족한 농번기에는 고양이 손도 빌린다'는 뜻과 일맥상통한다고 하겠다. 즉, 11월은 누군가의 작은 도움이라도 절실히 필요하다는 뜻이 담겨져 있다.

결혼식을 올릴 때 네 번째 손가락에 반지를 끼워주는 의미도 마찬가지다. 검은머리 파뿌리가 될 때까지 함께 하겠다는 약속인데 굳이 다섯 개 손가락 중 네 번째 손가락에 반지를 끼워주는 것은 네 번째 손가락만이 홀로서기를 하지 못하기 때문에 엄지나 검지가 되어 함께 의지하고 부족함을 채우며 살아가겠다는 의미가 담겨있다는 설이다. 우리 풍습과 인디언 풍습의 닮은 점 중 하나다.

네 번째 손가락의 달, 그 11월이다. 김장 담그기를 비롯해 난방 준비 등 겨울나기 준비에 매우 바쁜 계절이다. 대부분의 가정은 11월이 되면 마음이 바빠지고 일손이 턱없이 부족하다. 아내가 김장 날을 받거든 가장의 체면 따위는 훌훌 벗어던지고 뽑고 나르고 절이고 버무리고 힘들 때마다 결혼반지의 의미를 새기며 허리가 휘도록 도와야 할 것이다.

힘든 하루가 끝나고, 아내가 삶아주는 목삼겹 수육을 아직 풋내가 채 가시지 않은 겉절이 싸서 막걸리 한잔과 함께하는 행복감도 맘껏 누리시기 바란다. 안 취해도 취한 척~ 모처럼 아내의 허벅지를 베고 누워 평소 즐겨 부르는 십팔번 한가락 구성지게 뽑으며 가을밤의 낭만을 즐기시던가. 뜰 앞에 수북이 쌓인 낙엽과 함께 시나브로 가을밤이 깊어가고 있다.

첫눈

겨울의 문턱 소설小雪을 막 지났다. 어린 시절 이맘때면 어머니는 가족의 겨울 양식이 될 김장을 마치고 김장독 뚜껑을 행주로 닦으며 긴 안도의 숨을 내쉬곤 하셨다. 첫눈이 그 김장독 위에 소복이 쌓이면서 비로소 겨울은 시작된다.

유년의 첫눈은 그저 신비 그리고 설렘 그 자체였다. 이 부드러운 하얀 눈은 어디서부터 내리기 시작해 이처럼 포근하게 쌓이는 걸까? 그런데 신비한 것은 또 하나 있다.

이 나이가 되어도 '첫눈'이라는 말만 나오면 유년의 그 설렘이 영락없이 되살아난다는 것이다. 어찌 첫눈 뿐일까. 첫사랑, 첫 만남, 첫 출근, 첫 키스…. '첫'자로 시작되는 단어는 모두 설렘을 불러온다.

설악산에 첫눈이 내린다는 뉴스를 보다가 계절의 중독 같은 특유의 그 설렘이 시작되었다.

시인 안도현은 "아직도 첫눈 오는 날 만나자고 약속하는 사람들 때문에 첫눈은 내린다"라고 했다. 빌딩 숲 사이를 나비처럼 자유스럽게 폴폴 날리거나, 더러 함박눈이 되어 들판과 도심의 골목길에 켜켜이 쌓이기도 하고, 화장을 지우는 여인처럼 시나브로 녹아내리는 첫눈…. 그 아스라한 기억속으로 잠기며 첫눈 같은 어느 하루다.

첫사랑 주의보

아침 모 일간신문의 일기예보 기사는 '첫사랑 같은…'이라는 제목으로 첫눈 소식을 전했다. 첫사랑과 첫눈을 절묘하게 매치시킨 것으로 보아 참 낭만적이고 마음이 따뜻한 친구가 기사를 썼구나 하는 생각을 갖게 한다.

누군가에게는 아름다운 추억일 수도 있고, 누군가에게는 아픈 기억일 수도 있지만 첫눈, 첫 만남, 첫사랑, 첫키스…. 첫 자는 누구에게나 언제나 설렘과 애틋함을 안겨준다.

나의 친구는 만난 지 몇 번 밖에 되지 않은 어느 첫눈이 내리는 날, 몽환적 분위기를 틈타 느닷없이 첫키스를 시도했다가 입술을 물리는 바람에 평생을 첫눈만 내리면 입술이 얼얼해지는 트라우마에 시달린다는 엄살 섞인 아픈(?) 기억을 갖고 있기도 하고….

참 없던 시절, 첫눈이 내린 날 장갑이 없어 맨손으로 데이트를 나갔는데 얼음장처럼 차디찬 나의 손을 가슴에 품어 덥혀주던 참 고운 추억의 사랑이 있었다.

이후, 한동안 다시 한 번 그 따스함을 기대를 하며 장갑을 사 놓고도 맨손으로 데이트를 나가곤 했는데 상습적임을 눈치를 채고 이후로 그녀는 그 일(?)을 허용하지 않았다.

하지만 두고두고 첫눈 내린 날 있었던 그 일이 눈시울이 시큼해질 만큼 갸륵하고 고마워 덜컥 더불어 겨울나무로 살아가기로 한다.

그날, 그리고 그럴 수 없이 포근하고 따스했던 그 겨울의 기억은 늦가을 빈 들판이 첫눈에 덮여가듯 가물가물해 가고, 2월의 동백꽃처럼 수줍고 곱던 양띠 아내는 거친 세월을 훑고 지나오느라 지금은… 글쎄다.

올해 첫눈 내리는 날, 아니면 온 천지가 하얀 눈으로 덮힌 어느 겨울날, 기억을 더듬어 옛 시절의 그 언덕길을 따라 함께 다시 한번 걸으며 지친 영혼을 힐링하고 사랑의 온도를 높여볼 요량이다.

TV로 첫눈이 내린다는 예보가 있는 어느 날, 산골마을 앰프에서 정겨운 마을 이장님의 이런 멘트가 골짜가 골짜기 고즈넉이 울려 퍼졌으면 좋겠다.

"아, 아, 주민 여러분! 다시 한번 알려드립니다. 오늘 한반도 전역에 '첫사랑 주의보'가 내려졌습니다."

마지막 방학

영하 19도, 체감온도 영하 24도. 올 겨울은 유난히 춥다.

잠자리에서 일어나기조차도 쉽지가 않다. 극도의 귀차니즘에 빠져 오늘 아침에는 커피 한잔에 식빵 한 조각을 우걱우걱 입속에 구겨 넣다시피 아침밥을 대신했다.

지난 크리스마스와 함께 방학이 시작되었다. 이번 겨울 방학이 어쩌면 생애 마지막 방학이 될지도 모른다. 손을 곱아 보니 살아오면 여름방학 겨울방학 봄방학까지 그렇게 한 해에 세 번씩 70여 번의 방학을 보냈다.

아내는 행여 저녁형 인간의 아침잠을 깨울까 우렁각시처럼 몰래 출근을 하고, 요즈음은 상대적 보상심리 때문인지 혼자 일하러

나간다는 유세로 설거지도 온전히 내 몫이 되었다.

　오늘은 김치냉장고에서 김치를 꺼내어 썰었다. '미안하지만 만두거리 김치를 좀 썰어 놓으세요'라는 아내의 준엄한 지령紙令이 식탁 위에 놓여져 있었기 때문이다. 보아하니 아내는 요즈음 나에게 셀프 밥상 차림을 조금씩 훈련을 시키는 눈치다.

　그런데 마눌님의 당부에 따라 김치 몇 포기를 썰어 채운 보조 용기를 냉장고 안에 넣고 손을 씻으려는 순간 나는 그만 울컥하고 만다. 행여 비닐장갑을 끼고 김치를 썰다가 서툰 칼질에 손이라도 벨까 조심스러워 손을 정갈하게 씻은 다음 맨손으로 김치를 썰었더니 마치 봉숭아 물을 들인 것처럼 손톱들이 빨갛게 물이 든 것을 발견한 순간부터다.

　아홉 남매 중 일곱 번째 늦둥이로 어머님 날 낳으시고, 한참이나 일찍 태어나신 누님이 날 기르시니 누님은 재봉과 양재를 배워 마치 인형 다루듯 철마다 옷을 만들어 입히고 등하굣길을 도우며 고등학교를 졸업할 때까지 나를 뒷바라지 했다.

　해마다 여름방학이 끝날 무렵이면 선홍빛으로 곱게 피어난 봉숭아꽃을 따서 백반을 버무려 여린 호박 잎사귀에 싼 다음 정성스럽게 손톱마다 무명실로 꽁꽁 처매주곤 했던 그 봉숭아처럼 곱던 누님은 이미 이 세상에 없다. 다시는 만날 수 없는 것이다.

　때마침 아무렇게나 켜놓은 TV에서는 한껏 슬픔을 담은 드라마 OST가 흘러나오고, 나는 어린 시절 누님이 물들여 준 봉숭아 손톱

인양 행여 씻겨나갈까 조심스럽게 개수대에서 행군 다음 쇼파에 앉았는데, 그때부터 이런저런 흑백필름들이 오버 랩 되는가 싶더니 온몸의 수분이라는 수분은 다 빠져나오는가 싶게 눈물이 한여름 소나기처럼 마구잡이로 흐르기 시작했다. 아니, '까이꺼 혼자 있는데 뭐 어때'라고 콧물까지 힝힝 풀어가며 꺼이꺼이 울어버렸다.

살아가면서 가끔씩은 이런 날도 있다. 어쩌면 내 생애 마지막 방학, 요즈음 나의 '하루'다. 나이가 드나보다.

CALENDAR

또 한 해가 저물어 가고 있다. 언제나 이맘때쯤이면 새 캘린더의 상큼한 잉크 냄새와 함께 다음 한 해의 공휴일 수를 세며 새해를 준비하곤 했다. 그런데 지금은? 지금은 가는 세월이 무서워 누군가 벽에 걸어놓은 새 캘린더마저도 애써 외면하는 자신을 발견하고 흠칫한다.

인디언 얘기를 한 번 더 꺼내어야 할 것 같다. 인디언들에게 일 년의 각 달은 단순한 숫자가 아니었다.

그들은 각 달에 이름을 붙였는데 가령 3월은 '강풍이 죽은 나뭇 가지 쓸어가 새순 돋는 달'이고, 4월을 '머리맡에 씨앗을 두고 자는 달', 10월은 '양식을 갈무리하는 달'이라고도 불렀다. 또 한 12월을 '무소유의 달', 1월을 '마음 깊은 곳에 머무는 달'이라고 이름을 붙였다. 마치 한 구절의 깊은 사유가 담긴 시와 같다.

인디언 부족들의 마음의 움직임과 자연과 기후의 변화들에 반응하고, 앞으로 해야 할 일들, 그달의 마음가짐 등에 대해 얼마나 진지하게 준비하는가를 알 수 있다. 망라하여 삶의 의미가 그 속에 녹아 있다.

그들은 그들만이 이해하는 상형문자를 쓰거나 많은 문맹자들이 있었던 반면, 대지를 신앙처럼 여기고 자연과 외부세계의 변화는 물론 내면을 응시하는 눈과 철학을 가진 매우 지혜로운 사람들이었던 것이다.

우리도 아라비아 숫자로 그 달의 이름을 부를 것이 아니라 그들처럼 매달 사유와 의미가 있는 이름을 붙여주고 부르면 어떨까?

가령 2월은 '나무 뿌리의 움틀거림을 생각하는 달'이라거나 4월은 '청밀밭에 바람을 일렁이게 하는 달' 이렇게….

그런데 생각해 보면 자꾸 잊혀져서 그렇지 우리 조상들의 지혜와 해학이 어찌 인디언들 보다 못했을까.

5월 농번기를 '부지깽이나 고양이 손도 빌려야 하는 달' 이렇게 불렀다.

13월의 사랑

선뜻 이해하기 어렵겠지만 우리가 즐겨 마시는 아라비카 커피의 주산지 에티오피아에는 13월이 있다.

에티오피아가 지금 사용하는 역법曆法은 율리우스력으로 1년이 12개월인 세계 공통력 그레고리력을 사용하기 전에 많은 나라들이 많이 쓰던 역법이다.

그들은 한 달을 30일로 고정시켜 놓고 쓴다. 그러다가 보니 360일 하고 5일이 남는다. 그래서 그 5일을 위해 13월을 만들었고 실제 에티오피안의 달력에 13월은 5일만 있다.

에티오피아뿐만 아니라 우리가 사용하는 태양력도 100% 정확하지 않다. 그래서 이 오차를 메우기 위해 꼼수(?)를 쓰는데 태양력은 경우의 수에 따라 한 달이 30일 또는 31일인데 비해 2월을 28일

또는 29일을 쓴다. 태음력의 경우는 이 공백이 더 자주, 더 많이 발생하는 편이라 365일을 채우기 위해 2~3년을 주기로 추가된 날_日들을 모아 한 달가량의 끼워 넣기를 하는데 우리가 쓰는 윤달_{潤月}이다. 그러니 이 윤달은 실제 모둠 13월인 셈이다.

우리에게는 생소한 이름의 13월, 시인 고종숙은 이렇게 13월을 노래했다.

> 님과 나의 사랑 일력에는
> 12월도 부족해서 둘만의 계절이 더 있습니다
> 13월이 있답니다
>
> (중략)
>
> 냇가에는 보슬비, 들판에는 함박눈
> 앞산의 청보리와 뒷산 단풍이 반겨줍니다
> 13월은
> 두 마음이 사계절과 함께하는 사랑의 천국입니다.

지구촌 어디에선가는 13월의 태양이 뜨고, 시인들에게는 13월의 사랑이 있고, 우리에게는 숨겨진 13월, 그 속살을 더듬어 의미를 새겨본다.

또 한 해를 보내며…

누구를 사랑한 날보다
누군가를 미워한 날이 더 많았던 한해였습니다.

믿음보다는
불신이 더 많았던 한해였습니다.

베풀기보다는
이기심으로 살았던 날이 더 많았던 한해였습니다.
용서하지도
포용하지도 못했습니다.

아름답지도
향기롭지도 못했습니다.
서로 다름과 차이를
이해하려고 하지도 않았습니다.

헛된 욕심과 욕망에 사로잡혀 비우지 못했기에
채울 수도 없었던 한해였습니다.

편견과 아집으로 스스로를 가두고
변명으로 비겁했던 한해였습니다.

슬기롭지도 못했고
지혜롭지도 못했습니다.

다시 한 해를 보내는 세모.
지금 나는 세상을 온통 덮을 만큼 하얀 함박눈을 기다립니다.

눈길을 따라 걷다가
버릴 것 미련 없이 털어 버리며 걷다가 걷다가

다 비워질 즈음
양지꽃 노랗게 핀 봄 언덕을 만나고 싶습니다.

4장

시네마 천국

가끔 필름이 끊겨 영사기 기사가 잇는 시간, 행여 다음 장면을 놓칠세라 화장실로 쏜살같이 달려가던 흑백영화 같은 기억, 아버지의 밀짚모자를 소박하게 장식했던 낡은 필름, 연인의 손을 조심스럽게 허용받던 컴컴하고 은밀한 영화관에서 한 줄기 빛이 만들어 내던 특유의 짜릿한 행복감과 낭만이 사라질 위기에 처해 있다는 안타까움에 그저 마음이 아릿해 온다.

시네마 천국

초등학교 시절인 60년대 학교운동장에서는 곧잘 영화가 상영되
곤 했다.

형과 누나들의 손에 이끌려(기실은 떼를 쓰다시피 졸라서) 십 여리
나 떨어진 울퉁불퉁한 신작로를 걸어 도착한 운동장에는 미리 확성
기를 통해 영화 상영을 알렸기 때문인지 흰 무명옷을 입은 사람들
이 구름처럼 모였던 기억이 지금도 생생하다.

세상에 태어나서 처음 영화와 마주한 것은 초등 2학년 무렵이
었는데 제목은 '임자 없는 나룻배'였다. 물론 흑백필름이었다. 어린
나이라 영화의 내용을 이해하기는 어려웠지만 영사기의 환한 빛을
통해 희디흰 넓은 걸개에 펼쳐지는 배우들의 움직임과 진지한 표정
은 그저 신비 그 자체였다.

가끔 상영 중에 필름이 끊어지면 관람객들이 손가락 두 개를 입에 집어넣고 휘파람을 불었는데 혹시 하염없이 존경스럽게만 보이던 영사기를 돌리던 아저씨가 화가 나서 영화 상영을 그만두면 어떻게 하나 하는 조바심으로 휘파람을 불어대는 동네 형들을 원망스럽게 쳐다보곤 했던 기억이 새록새록 살아난다.

　　영화는 연속 장면을 촬영한 필름을 빠른 속도로 돌려 강한 빛으로 스크린에 투영하는 것이다. 요즘은 디지털로 제작되다가 보니 필름이 없는 영화가 상당수이지만, 이렇게 보던 영화가 이제는 한 걸음 더 나아가 TV처럼 자체적으로 빛을 내는 스크린으로 바뀌게 될 모양이다.

　　주세페 토르나토레 감독의 영화 〈시네마 천국〉에서 보던 낡은, 영사기와 은막이 사라진, 낮에도 밤처럼 영화를 볼 수 있는 새로운 영화 시대가 열리는 것이다. 이렇게 되고 보니 유명 영화인을 일컫는 '은막의 스타'라는 말도 곧 사라질 것이다.

　　가끔씩 필름이 끊겨 영사기사가 잇는 시간, 행여 다음 장면을 놓칠세라 화장실로 쏜살같이 달려가던 흑백영화 같은 기억, 아버지의 밀짚모자를 소박하게 장식했던 낡은 필름, 연인의 손을 조심스럽게 허용받던 컴컴하고 은밀한 영화관에서 한 줄기 빛이 만들어 내던 특유의 짜릿한 행복감과 낭만이 사라질 위기에 처해져 있다는 안타까움에 그저 마음이 아릿해 온다.

　　새로운 문명이 이토록 사람의 마음을 서운하고 슬프게 하는 줄 예전엔 미처 몰랐다.

아델라인의 멈춰진 시간

사람이 영원히 늙지 않는다면 어떤 미래가 펼쳐질까?

리 톨랜드 크리거 감독의 미국영화 〈아델라인의 멈춰진 시간〉 속 주인공 아델라인은 우연한 사고 이후 그 충격으로 100년째 29살로 살아간다. 영화 속에서 그녀는 실제 나이 107세가 됐지만 여전히 29세의 젊음과 미모를 간직하고 나이만 먹었지 늙지 않는 자신의 정체를 수상하게 여기는 사람들을 피해 10년마다 신분과 거주지를 바꾸며 외롭게 살아간다. 그러던 중 그녀는 새해 전야파티에서 만난 젊은 남자 엘리스와 사랑에 빠지게 된다. 그리고 참으로 황당한 일들이 그의 인생 앞에 펼쳐진다.

어느 날 인사를 하기 위해 엘리스의 본가를 찾은 아델라인, 그녀는 그곳에서 엘리스의 아버지를 만나게 되는데 엘리스의 아버지는 바로 그녀의 옛 연인이었다. 늙지 않는 자신의 삶을 신의 저주라고 생각하는 아델라인, 시간이 멈춘 아델라인의 사랑에서 '인간이 늙지 않고 살아간다면 어떤 일이 벌어질까?'라는 메시지를 이 영화는 전달하려고 한다.

한국인의 기대수명이 오래전 80세를 훌쩍 넘어섰다. 굴지의 언론사 CNN은 한술 더 떠서 세계보건기구(WHO)와 영국 임페리얼 칼리지 런던이 경제협력개발기구(OECD) 35개 회원국의 기대수명을 분석한 논문을 인용하여 한국 여성의 기대수명이 세계 최초로 90세를 넘어섰으며, 한국 남성의 기대수명도 84.07세로 처음으로 세계 1위에 올라섰다고 보도를 했다.

이제 우리나라는 프랑스, 일본, 스페인, 스위스 등과 선두를 다투며 당분간은 세계 최장수 국가를 유지할 전망이다. 이미 2018년 3월 통계기준 우리나라 만 100세 이상 주민등록상 총인구수도 18,133명(남자 4,123명, 여자 14,010명)으로 100세 시대를 활짝 열었다.

오래 사는 것이 반드시 축복일 수만은 없다. 그러나 건강하게 오래 사는 것은 축복일 수 있다. 장수인구의 증가는 국가적으로나 사회적으로나 가정적으로 여러 문제를 낳기도 하겠지만 기왕에 세상에 왔으니 젊은 세대에 눈치 보지 말고 가급적 젊게, 세상 소풍 즐기면서 건강하게 오래 살고 볼 일이다.

그런데 문제는 영화 속의 '아델라인'처럼 그 우연한 사고는 아무에게나 오지 않는다는 점이다.

아니면 온전히 자신의 노력으로 가급적 젊게 살며, 품위 있게 익어가거나….

청춘의 십자로

이 무슨 신파조의 제목이냐고 할 것이다.

신파조 맞다. 일전, 일주일에 한 번씩 영화를 상영하는 캠퍼스 영화관에서는 아주 오래된 영화 한 편이 상영되었다. 제목은 〈청춘의 십자로〉였는데 그러니까 1934년, 무려 80여년 전 일제 강점기에 제작된 이름도 생소한 안종화라는 감독의 신파 무성영화다.

상연관에서는 1930년대 당시와 똑같이 변사와 악극단까지 출연하여 그 시절을 재현했는데, 통속적인 데다 진부하기 짝이 없는 시나리오의 그야말로 '눈물 없이 볼 수 없는 비극영화'였음에도 불구하고 배우들의 어줍은 연기와 변사의 해학 넘치는 말품에 객석은 상영 내내 온통 웃음바다가 되었다.

처음 영화를 마주한 것은 초등학교에 입학 무렵, 울퉁불퉁 신작로 길을 따라 십여 리도 넘는 초등학교 운동장에서 형, 누나들의 목말을 번갈아 타며 본 이규환 감독의 '임자 없는 나룻배'였다.

눈같이 하얀 스크린에 비치는 영상에 매료되어 내용은 잘 기억이 나지 않는데 지금에 와서 생각하면 내용과는 상관없이 참 야릇하기까지 한 제목의 영화라는 생각을 갖게 한다.

모든 예술의 장르를 망라한 영화만의 오묘한 맛에 흠뻑 빠져 살다가 보니 지금까지 본 영화의 편수가 3,000여 편이나 된다는 사실을 최근에야 계산을 통해 알았다.

살아가면서 이렇게 많은 영화를 볼 줄 애당초 예상도 않았기에 일일이 기록을 해놓지는 않았으나 습관처럼 거의 한 달에 두 번꼴로 보는 극장 영화와 TV에서 상영하는 영화를 합산한 어디까지나 산술적인 수치다. 해서 나는 가장 최근에 TV를 통해 본 EBS 주말 명화극장 '인사이드'를 내 인생 3,000번째 영화로 기록해 놓기로 한다.

3,000편을 러닝타임 2시간씩 계산하면 6천 시간, 날수로는 250일이나 된다. 영화를 보기 위해 오고 간 시간까지 따지면 살아오는 동안 1년여를 온전히 영화의 바다에 빠져있었던 셈이다. 낭비된 시간이라고 생각하지는 않지만 어쩌면 남의 인생을 살았나? 하는 생각마저도 갖게 한다.

시내 학교 지도과 선생님들로 구성된 합동단속반의 눈을 피해 변장을 하고 시내 극장들을 헤집고 다니던 흑백영화 같은 시절이 있었다.

돌이켜보면 '청춘의 십자로'에서 극장은 그리고 영화는 내 삶의 '인사이드'였던 거~~시였던 거~~시었다.

로마의 休日

오드리 헵번을 일약 세계적인 스타덤에 올려놓은 영화 〈로마의 휴일〉, 통제된 삶에 싫증이 난 공주(오드리 헵번 분粉)와 특종 신문기자(그레고리 팩 분粉)와의 로맨틱한 사랑을 그린 이 영화는 내가 잉태되던 해에 촬영되고 태어나던 해에 개봉되었으니 나와는 참 인연이 깊은 영화다.

로마를 다녀온 것이 언제였지? 싶도록 많은 시간이 흘렀다. 이 영화의 촬영지 스페인 광장(Piazza di Spagna) 길을 따라 트레비분수에서 마치 그레고리 팩이라도 된 양 폼나게 동전도 던져보고, 인근 백 년 역사의 아이스크림 가게에서 시원 상큼 달달한 젤라또도 먹어보고, 진실의 입에 손을 넣었다가 순간적으로 살아오면서 지은 죄가 너무 많았다는 생각에 부리나케 빼내야 했던 기억이 아직도 생생하다.

로마의 휴일을 가장 휴일답고 아름답고 경쾌하게 만들었던 만인의 연인 오드리 헵번, 그녀는 볼수록 아름다운 미모를 지녔음은 물론이고 그녀가 남긴 어록을 읽다가 보면 미모에 못지않게 내면의 아름다움에 또 한 번 놀라게 된다.

사랑스런 눈을 갖고 싶다면 상대의 장점을 보아라.

아름다운 입술을 갖고 싶다면 친절한 말을 하라.

멋진 몸매를 갖고 싶다면 너의 음식을 배고픈 사람과 나누라.

우아한 자태를 갖고 싶다면 너 자신이 결코 혼자 걷고 있지 않음을 명심하며 걸어라.

아름다운 머리카락을 갖고 싶다면 하루에 한번 어린이가 너의 머리를 쓰다듬게 하라.

네가 나이가 더 들면 네게 두 개의 손이 있음을 알게 될 것이다. 하나는 자신을 돕는 손이며 다른 하나는 타인을 돕는 손이다.

기억하라 도움의 손길이 필요한 곳을 발견하면 지체없이 네 팔 끝의 손을 사용하면 된다.

많은 은막의 스타들이 세월이 지나면 잊히고 말지만 오드리는 수십 년이 지난 지금까지도 많은 사람들의 사랑을 받고 있다.

그것은 그녀가 1993년 1월 20일 스위스에서 사망할 때까지 소외받고 가난한 인류에 봉사하며 세상 사람들에게 인간의 품격과 진정한 삶의 의미를 선사했기 때문일 것이다.

I miss Audrey.

눈이 부시게…

때로는 가상의 드라마 한 편이 치열하게 살아온 그 어떤 사람의 생생한 삶의 이야기보다 백 천배 감동을 줄 때가 있다.

깊은 사색을 안겨 주기도 하고, 세상은 더 살 가치가 있다고 생각하게 하며, 삶의 순간순간을 벅차고 아름답게 가꾸어 가게도 한다. 어느 날 시계를 잘못 돌려 칠십 대 노인이 되어버린 스물다섯 살의 그녀,

"긴 꿈을 꾼 것 같습니다. 알츠하이머를 앓고 있습니다."

70대 후반의 노여배우(김혜자 분)는 그렇게 말하고 있었다. 경중의 차이만 있을 뿐, 그 누구도 피해갈 수 없다는 알츠하이머를 앓으

며 나의 늙음은 죄가 아니라고도 했고, 늙어감을 마치 형벌과도 같이 여기며 팽개쳐버리고자 했던 그녀의 주름진 세상.

70대의 여배우는 나이든 모든 이들에게 '인생의 한 시절에는 푸르고 눈부신 젊음이 존재했으며 지금 설사 그 반짝임을 잃어버렸다 하더라도, 오늘의 삶은 늘 눈이 부신 시간'이라는 메시지를 가슴 먹먹하도록 전해준다.

인간의 존엄과 인생을 대하는 자세, 그리고 막막하기만 한 현재 또한 눈부신 하루이며, 당신은 모든 것을 누릴 자격이 있다는 메시지를 전한 이 드라마는 마지막 명대사로 저녁놀 물든 강물처럼 잔잔하게 마무리된다.

내 삶은 때론 불행했고, 때론 행복했습니다.
삶이 한낱 꿈에 불과하다지만, 그럼에도 살아서 좋았습니다.
새벽에 쨍한 차가운 공기,
꽃이 피기 전 달큰한 바람,
해질 무렵 우러나는 노을의 냄새,
어느 하루 눈부시지 않은 하루가 없었습니다.

지금 삶이 힘든 당신, 이 세상에 태어난 이상 당신은 이 모든 걸 누릴 자격이 있습니다. 대단하지 않은 하루가 지나고, 또 별거 아닌 하루가 온다 해도 인생은 살아 볼 가치가 있습니다. 후회만 가득했던 과거와 불안하기만 한 미래 때문에 지금을 망치지 마세요.

오늘은 살아가세요. 눈이 부시게… 당신은 그럴 자격이 있습니다.

누군가의 엄마였고 누이였고, 딸이었고

그리고 '나'였을 그대들에게…

-이남규·김수진, 드라마 〈눈이 부시게〉 중에서-

행복을 찾아서…

신년 연휴, 아무에게도 방해받지 않는 시간에 TV를 통해 영화 한 편을 본다. 윌 스미스가 주연한 〈행복을 찾아서〉

제79회 아카데미 시상식 남우주연상 후보작으로 2007년에 개봉한 미국의 전설적인 흑인 기업가 크리스 가드너의 일대기를 영화로 제작했다.

미혼모의 아들로 태어나 우울한 유년을 보낸 가드너, 방탕한 청년 시절을 보내고 군을 제대 후 방황과 혼돈의 시간에 아들 크리스토퍼를 낳게 된다. 하지만 크리스토퍼가 유치원에 다닐 무렵 아내는 가난을 못 이겨 그를 떠나자 아들과 행복을 향한 여정을 시작한다.

한물간 의료기기 세일즈맨, 지금 그에게 존재하지 않는 행복을 찾아 이리 뛰고 저리 뛰는 극 중 아버지인 크리스 가드너. 그의 지금은 오늘보다 더 나은 삶이 아니라 오직 아들 크리스토퍼를 다른 아이들처럼 자랄 수 있도록 환경을 만들어 주는 일이다.

그러기 위해 부자富者가 되는 꿈을 향해 질주를 하지만 무급의 인턴 생활은 그를 아들과 함께 노숙사 쉼터와 공중화장실을 전전하게 한다. 이런 비참한 현실에서도 그는 포기하지 않고 열정이 있고 끈기가 있는 사람이라는 것을 증명해 내려하고….

눈물겨운 여정의 한 가운데, 크리스 가드너가 아들 크리스토퍼에게 건네는 한 마디가 심쿵하게 한다.

"넌 못할 거란 말, 절대 귀에 담아 듣지 마…
너에게 꿈이 있다면 그것을 지켜 내야 돼

Don't ever hear that you won't make it…
If you have a dream, you have to keep it."

누구에게나 인생은 평탄하지 않다. 살다가 보면 역경이 찾아오고, 어딘가에서 또는 누군가에게 상처받고 좌절하게 될지라도 결코 희망을 잃어서는 안 된다는 의미의 이 한 마디에는 삶을 향한 크리스 가드너의 굳은 의지와 꿈을 대하는 자세, 그래서 오늘을 살 수 있는 용기가 함축되어 있다. 냉혹한 현실 앞에 행복은 맹목적으로 쫓아다닌다고 오는 것은 아니다. 구체적인 목표를 세우고 성취하려는 노력이 있어야 한다.

누구나 위로받고 싶을 때가 있다. 삶에 희망을 잃었을 때는 더 그렇다. 지금 하는 일이 힘들다고 생각되면 잘할 수 있는 다른 것을 찾으면 된다. 과거에 얽매이지 말고 그대가 무엇을 좋아하는지 그대가 무엇을 잘하는지 찾아볼 수 있는 그대가 되길 바란다.

그리하여 언젠가는 뭇 사람들에게 감동을 주는 한편 영화로 제작될 만큼 자신만의 스토리를 만들어 가기를….

5장

광화문에서

사람마다 가치관이나 이념, 철학이 다르듯 나이가 들었다고 반
드시 보수여야 할 필요는 없으며, 젊다고 분기탱천하여 급진적
사고나 행동으로 사회의 질서를 어지럽게 해서도 안 될 것이다.
의로운 일일수록 진중함과 품격을 지니고, 자신의 생각을 표출
하거나 주장하되 비루하거나 추하지 말 일이다.

노자에게 길을 묻다

노자老子는 BC500년을 전후한 춘추시대 초나라의 철학자로 지금으로부터 2500여 년 전의 사람이다. 성과 이름은 이이李耳로 성리학자 율곡 이이李珥와는 같은 동음으로 이름자에 변만 없다.

그가 출행하는 길 위에서 선 채 일필휘지로 썼다고 전해지는 도덕경의 한 구절 한 구절을 읽다가 보면 2500년 전의 초나라의 상황이 지금 우리나라 상황과 이토록 닮았을까 하고 찬탄을 금치 못할 때가 있다.

당시 시대의 잘못된 정치에 대해 노자는 이렇게 질타叱咤를 한다.

"조정이나 국가나 올바른 길을 간다면 모두가 편안할 터인데 온갖 거짓된 술수로 사회를 어지럽게 해서 백성의 판단을 흐리게 하고, 바른 지적이나 비판을 하는 사람들은 제거하며, 법을 집행하는 데 있어 힘없는 사람에게는 가혹하고 저희끼리는 관대하다. 그런데도 다들 먹고 마심에는 끝없이 사치스럽고, 돈은 몇몇 소수의 사람에게만 몰려 나머지는 백성들은 빚더미에 올라앉아 있구나. 이것이 바로 도적놈의 세상이며 어찌 사람이 사는 길이라 할 수 있으랴."

도덕경 중에서 특별히 기억되는 자귀 중에는 企者不立 跨者不行(기자불립 과자불행)이라는 자귀가 있다. "발꿈치를 들고 서 있으면 오래 버티지 못하고 가랭이를 옆으로 벌리고 걸어서는 오래 갈 수 없다"는 뜻이다.

마침 총선이 끝나고 새로운 선량(?)들이 겉으로는 자성이니 뭐니 하지만 속으로는 당선증을 받고 표정 관리에 여념이 없는 기간이다. 이번 총선에 당선된 이들 중에는 인공지능에 인공관절까지 끼웠는지 발꿈치 들고 가랑이를 벌리고 걷는 인물들이 꽤 여럿 눈에 띈다.

플라톤은 '정치에 무관심하면 가장 저급한 인간의 지배를 받는다'고 했다.

후진적 정치에 대한 국민혐오에도 불구하고 우리는 그들이 결정한 법률에 의해 국가의 질서에 동참해야 하는 딜레마에 빠져있다. 정치는 국가경영에 없어서는 안 되는 가장 상위의 프레임이며 사회적 행위이기 때문이다.

이번 우리의 선택이 과연 옳았던 것인가? 강변 낚시터의 버드나무는 저마다 연두색 잎들을 피워내고 있지만, 왕소군이 지은 춘사불 래춘春來不似春이라는 시귀가 쉬 뇌리에서 사라지지 않는 봄인 듯 아 닌 봄이다.

정치란 무엇일까?

이곳저곳에서 꽃소식이 SNS를 타고 전해지고 있다. 누군가 페이스북에 복수초를 올려놓는가 싶더니 눈이 하얗게 덮힌 매화를 올려놓기도 하고 색깔도 고운 동백꽃에 이어 이른 봄을 알리는 영춘화가 새색시같이 곱고 수줍은 모습을 선보이고 있다.

남도에는 저만치 봄이 오고 있거나 이미 와 있다는 증거인데 내가 살아가고 있는 이곳 춘천은 북단에 위치해서인지 봄꽃 보기가 하늘에 별따기 같다. 골목길 응달에는 아직 잔설이 남아있고 겨우내 움츠렸던 나무들은 아직 잎을 피울 생각조차도 하지 않고 있는 것을 보면 말이다.

행여 서둘러 핀 잎이나 꽃들은 꽃샘바람에 얼거나 다칠세라 조심스러워하는 모습이다. 그나마 다행인 것은 바람이 전과 같지 않고 퍽이나 포근해졌다는 사실이다.

  고등학교를 졸업하고 뒤늦은 나이에 대학에서 정치학을 전공하게 된 것은 막연하긴 하지만 더 나은 세상에 대한 갈증이나 갈구가 있었기 때문이다.

  7, 80년 대의 뒤 틀리고 비정상적인 세상, 암울하기만 한 현실에 대한 분노와 절망, 그리고 분명 이보다는 더 나은 세상이 있으리라는 기대감은 '정치학'이라는 학문에 관심을 갖게 된다.

  전통적인 의미에서 정치학은 국가 및 국가의 기능을 담당하는 제도와 장치에 대한 연구를 말하지만 정치학의 창시자가 우리가 익히 아는 아리스토텔레스라는데 이르면 정치란 행복을 추구하는 인간의 삶에 그 바탕을 두고 있음을 알 수 있다. 즉, 행복은 행위의 결과가 아니라 행위 그 자체라고 주장한다.

  그 덕분에 행복을 실현하기 위해서는 행위 또는 생활양식을 통해 형성되는 선한 습관을 몸에 익히는 것이 필수 조건이 된다고 강조한다.

  이러한 선한 습관을 몸에 익히는 것은 인간의 생활을 규제하는 강제력을 지닌 선량한 법에 의해 가능하게 되며 선善, 곧 행복의 실현이라는 과제가 개인의 차원에서 완결되는 것이 아니라 개인에 기초를 둔 국가 차원에서 추구되어야 하는 이유를 우리는 정치에서 찾아야 한다는 논리다.

  인간의 선량한 '성격(ēthos)'을 토대로 어떠한 국가 형태를 통해 그와 같은 생활방식을 보증할 수 있는가 하는 문제를 고민하는 것이 '정치학'이고 이를 인간의 삶 속에 버무려 놓은 것이 '정치'라고 감히 정의한다.

　인류 사회든 동물사회든 평화롭고 보다 안전하며 풍요를 통한 행복한 삶을 원한다. 국가라는 공동체에서는 더 말할 나위도 없다.

　그 염원을 담아 촛불이든 태극기든 지난 수 개월간 우리는 매서운 겨울바람을 맞으며 광장에서 더 나은 세상, 더 정의로운 세상을 외치며 서 있어야 했다.

　영혼도 철학도 자기성찰도 없는 지도자를 만나 우리가 사는 세상이 최상의 민주주의인 줄만 알고 우롱당한 우리 국민들은 다음에는 제발 진정으로 국민을 위하는 진정한 민주적 리더가 탄생되기를 바라지만 '글쎄 올시다' 다.

레밍과 담쟁이

오래전 모 지자체 도의원의 '레밍' 발언이 나라를 온통 들쑤셔놓았던 적이 있었다. 국민적 공분을 사기에 충분했던 발언이었다.

레밍은 북아메리카와 유라시아의 툰드라 지역에 주로 서식하는 설치류로 흔히들 '나그네쥐'라고도 부른다. 이 레밍은 집단으로 이동을 하는데 그중 노르웨이 레밍의 경우 맹목적으로 선두를 따라 달리다가 집단으로 수십 길 낭떠러지에 떨어져 죽는 일이 비일비재하다. 우두머리 쥐를 따라 무조건 달리는 습성 때문에 사람들의 맹목적인 집단행동을 종종 레밍을 빗대어 인용한다.

반면 담쟁이는 우리가 도저히 넘을 수 없는 벽이라고 여겨지는 곳을 끝없는 인내심으로 타고 올라 가파른 고지를 점령한다. 고지뿐만 아니라 두터운 벽을 온통 푸르게 물들인다. 시인 도종환은 담쟁이를 이렇게 시로 표현했다.

> 저것은 벽
> 어쩔 수 없는 벽이라고 우리가 느낄 때
> 그때, 담쟁이는 말없이 그 벽을 오른다.
> 물 한 방울 없고,
> 씨앗 한 톨 살아남을 수 없는
> 저것은 절망의 벽이라고 말할 때
> 담쟁이는 서두르지 않고 앞으로 나아간다.
> 저것은 넘을 수 없는 벽이라고
> 고개를 떨구고 있을 때
> 담쟁이 잎 하나는
> 담쟁이 잎 수천 개를 이끌고
> 결국 그 벽을 넘는다.

세상에는 맹목적으로 지도자를 따라가다가 함께 절벽 아래로 떨어져 죽는 레밍의 삶이 있는가 하면, 칠팔월 불볕더위에 담장을 기어올라 담장 벽을 온통 진녹색으로 물들여 사람들에게 운치와 위로와 감동을 주는 담쟁이의 삶이 있다.

어느 삶을 닮을지는 각자의 판단이지만 담쟁이 하면 세계적으로 일본 동경대학교의 담쟁이를 가장 먼저 손꼽는다.

이때쯤이면 대학캠퍼스의 백년을 넘긴 고색창연한 붉은벽돌건

물을 온통 녹색으로 뒤덮었던 담쟁이 넝쿨이 떠올라 눈을 감고 그 시절로 돌아가 보는 여름 한나절이다.

담쟁이를 흉내 내던 푸른 시절이 있었다.

아 ~ 맑은 영혼과 한여름 벽을 타고 오르던 뜨겁던 열정과 9월의 하늘처럼 티 없이 푸르렀던….

하늘 노릇하기

하늘이 하늘 노릇 하기가 어렵다지만 4월 하늘만 하랴

누에는 따뜻하기를 바라는데 보리는 춥기를 바라네

집을 나선 나그네는 맑기를 바라고 농부는 비 오기를 기다리는데 뽕잎 따는 아낙네는 흐린 날씨만 멍하니 바라보고 있네.

예부터 중국 농민들 사이에 구전되어 오던 농요를 대만의 저명한 학자이자 시인인 난화이진(南懷瑾, 1918~2012)이 다듬은 詩다. 각자의 처한 입장에 따라 서로 원하는 것과 생각이 다르다는 것을 표현했을 것이다.

새로 임명된 검찰총장이 임명장을 받으며 대통령 앞에서 이 시를 읊어 화제가 되고 있는데 대통령의 검찰개혁 주문에 물타기를 하는 듯한 내용도 내용이려니와 시의 적절성을 놓고 논객들 사이에

갑론을박을 하고 있다.

우리나라의 민화民話 중에도 부채 장사와 우산 장사를 하는 두 아들을 둔 어머니의 이야기가 나온다. 비 오는 날에는 부채 장사하는 아들을 걱정하고, 햇살이 쨍쨍한 날에는 우산 장사하는 아들을 걱정하는 내용이다.

한편 생각해 보면 비 오는 날에는 우산 파는 아들이 대박 날 것이고, 햇살이 쨍쨍한 날에는 부채 파는 아들이 대박날 것이니 아들 각자의 당장 눈앞에 처한 입장은 서로 다르겠으나 어머니는 즐거워해도 된다는 생각이다.

조금 더 생각해 보면, 어머니는 비 내리는 날에는 부채 파는 아들더러 우산 파는 형을 도와주라 하고 햇살 쨍쨍한 날에는 우산 파는 아들더러 부채 파는 동생을 도우라고 하면 될 일이다.

하늘이 하늘 노릇하기 쉽지 않은 것은 사실이지만 하늘 하기에 따라서는 꿩 먹고 알 먹는 두 가지를 얻을 수 있다는데 생각이 미친다.

한나라의 대통령이 고위직의 임명장을 주고받는 엄숙한 자리에서 시도 읊고, 자신이 좋아하는 스타를 만난 광팬처럼 대통령을 만나 마냥 즐거운 표정을 가감없이 드러내는 새 검찰총장 부인의 모습을 보면서 세상 참 많이 달라지고 있구나 생각하게 하는 것은 비단 나의 감회만이 아닐 것이다.

붉은 깃발법

붉은 깃발법. 읽는 것만으로도 습관적으로 섬뜩해 온다. 살아오는 과정에서 많이 희석되고 웬만큼 가치판단이 정립되기는 했지만 태어나면서부터 세뇌된 '반공의식'에 대한 극히 자연스러운 반응일 것이다.

그러나 내가 말하고자 하는 붉은 깃발은 공산주의를 의미하는 '붉은 깃발'이 아니다. 이른바 '적기조례'라고도 하는 '붉은 깃발법*Red Flag Act*'이다.

영국은 산업혁명의 발상지이자 세계 최초로 증기자동차를 상용화한 나라다. 하지만 아이러니하게도 자동차산업을 꽃피운 나라는 독일과 미국이다. 영국은 개발만 했지 정작 자동차산업의 과실을 따 먹은 나라는 독일과 미국이 된 것이다. 이 같은 배경에 '붉은 깃발법'이 등장한다.

1820년대 마차만 있던 시대에 승객 28명을 태우고 시속 30㎞로 런던과 인근 도시를 잇는 증기자동차 노선버스가 생겼다. 그러자 불안을 느낀 마부들이 자동차의 속도를 규제하라고 왕실에 요구를 한다. 1865년 빅토리아 여왕은 이들의 요구를 받아들여 '붉은 깃발법'을 선포했는데 그 내용은 어처구니없게도 차는 마차보다 느리게 다녀야 한다는 것이었다.

즉, 시속 30㎞ 이상 달릴 수 있는 자동차를 6.4㎞ 이내로 달리도록 제한했으며 그 자동차 앞에는 붉은 깃발을 든 조수가 말보다 차가 속도를 내지 못하도록 통제를 한 것이다.

영국이 자국 내 특정 집단의 이익을 쫓아 붉은 깃발을 들고 자동차의 서행을 강제할 때 한참 후발주자인 독일은 자동차산업을 비약적으로 발전시켰다. 이후, 그리고 지금도 자동차에 관한 한 어떤 분야를 막론하고 영국은 독일을 앞서지 못하고 있다.

4차 산업시대에 진입한 지금도 우리 주변에는 붉은 깃발만 안 들었지 속도를 내려는 자동차 앞을 가로막고 6.4km를 넘지 말라는 사람들이 있다. 진보가 능사는 아니지만 '성공한 보수보다는 실패한 진보가 인류문명에 더 큰 지평을 열어 왔다'는 것이 평소의 생각이다.

광화문에서

사람은 대체로 나이가 들면 보수로 변한다. 동물의 뇌, 특히 인간의 뇌에는 위험을 피하고 본능을 추구하는 원시뇌와 이성적 사고를 담당하는 전두엽 같은 고등뇌가 발달해 있다. 즉 이기의 뇌와 이성의 뇌가 따로 함께하는 것이다.

극단적인 공포나 위험한 상황에 빠지면 원시의 뇌는 이성의 뇌를 지배하면서 자신에 대한 보호 본능이 발동된다. 즉, 나이가 들면 자연스럽게 생에 대한 애착이 커지고 그 애착에 따라 도전과 모험보다는 매슬로우의 욕구 하위단계인 생리적 욕구나 안전욕구를 선택하게 되는 것이다.

이성과 양심의 끈도 느슨해지고 편견이 심해지는가 하면 옳고 그름에 상관없이 자신에게 불리하다 싶으면 분노를 폭발시킨다. 염치도 사라지고 지나온 생에 대한 본전주의만 남는다. 특정 이념이나 특정인에 대한 맹신과 맹종도 이때 생성된다. 젊어서는 시대의 모순을 타파하고 불의를 사정없이 비판하거나 참지 못하고 행동으로 옮기는 바람에 이제는 시대의 모순 그 자체가 되는 것이다.

예의는 오로지 젊은이들의 몫이고, 합리와 타협보다는 자기의 뜻을 관철하려고 드는 특징도 이때 나타난다. 경험과 지혜가 쌓이면 현명해져야 하는데 반대로 아집만 늘어 도대체 감당할 수 없는 지경에 이르는 것이다. 그것을 우리는 보수화 된다고 말한다.

어떤 의학자는 그러한 현상이 나이가 들수록 사고를 조절하는 호르몬이 부족해지는 데 따른 현상이라고 분석을 하기도 한다. 이같은 생리적 현상에 의해 나이가 들어가면서 보수화 된다면 어쩌면 자연스러운 현상일 수도 있다. 하지만 그것을 당연시해서는 안 될 것이다. 보수는 보수대로 가치와 품격을 지녀야 하기 때문이다. 인생이 반드시 지극히 도덕적일 필요는 없다. 노년으로 갈수록 모든 사물에게 예의를 갖출 줄 알고 자신은 염치를 차릴 줄 안다면 그것만으로도 보수의 가치와 품격은 지켜질 것이다.

아무리 자신의 생각이 옳다고 생각하더라도 주장함에 있어 불법적이거나 폭력적이어서는 안 될 것이다. 나라의 표상인 신성한 태극기 함부로 흔들다 식탁보로 쓰지 말아야 할 일이며, 대중이 공유하고 활용해야 할 광장이 마치 제집인 양 벌러덩 누울 일도 아니다. 특정 이념이나 특정인을 지지하더라도 합당한 논거를 갖출 일이며, 젊은이들에게 혐오의 대상이 되지 않도록 균형감 있는 가치관을 지니고 행동해야 한다.

자유민주주의에서 진보만이 존재해서도 안 되며, 보수만이 진정한 가치라는 생각을 하는 것도 위험한 생각이다. 보수는 진보를 통하여 미래를 조망하고 진보는 보수를 통하여 공공의 선을 지키는 자세가 필요하다. 이념이나 신념을 지니되 나름의 분명한 철학을 가지고 한 시대를 살아가는 공동체의 한 일원으로서 역할을 해야 한다는 뜻이다.

사람마다 가치관이나 이념, 철학이 다르듯 나이가 들었다고 반드시 보수여야 할 필요는 없으며, 젊다고 분기탱천하여 급진적 사고나 행동으로 사회의 질서를 어지럽혀서도 안 될 것이다.

의로운 일일수록 진중함과 품격을 지니고, 자신의 생각을 행동으로 표출하거나 주장하되 비루하거나 추하지 말 일이다.

기생충

한해 두 차례 전교생을 대상으로 일제히 대변을 받아 기생충 검사를 하던 시절이 있었다.

말이 채변이지 짓궂거나 서툰 솜씨의 아이들이 봉투가 넘치도록 대변을 받아오는 바람에 화장실도 가지 않을 것 같은 곱디고운 여자 담임선생님이 받아 들고 쩔쩔매던 모습이 새록새록 살아난다.

가난으로 제대로 입지도 먹지도 못하던 5, 60년대, 농경사회, 대부분 농어촌지역의 인구를 중심으로 회충, 십이지장충, 편충, 디스토마 등 충들이 우리 몸속에 기생하면서 가뜩이나 부족하기만 한 영양분을 빨아먹는 만행을 저질렀다. 열악한 위생환경으로 전 국민의 40%가 기생충에 감염되었다는 통계가 있는 것을 보면 당시 대한민국은 기생충 공화국이었던 셈이다.

아이러니하게도 모두가 혐오하는 기생충 하나로 국민적 관심을 모으고 있는 한 기생충 학자는 방송에 나와 "기생충은 인류의 시작과 함께 지구가 멸망하는 그날까지 인간과 함께 살아갈 반려동물이며 인간과 떼려야 뗄 수 없는 막역한 사이"라고 말한다. 기생충이 밥벌이가 되는 것을 보면 교수와 기생충이 서로 숙주로 협업을 하며 살아가고 있는 것이다.

각설하고, 지금 세계는 영화〈기생충〉으로 떠들썩하다. 지구촌 영화제 중 최고 권위의 칸영화제 황금종려상이라니, 상상도 못했던 상상 이상의 상을 수상한 것이다. 그리고 한 저력있는 토종 한국인 감독이 이제는 한국만이 아니라 지구촌의 인구 40%를 〈기생충〉에 감염시키고(?) 있는 중이다. 국민들의 혈세를 빨아먹고 사는 기생충 같은 저질의 정치꾼들이 막말이나 내뱉는 사이 봉준호 감독은 세상의 영화판을 들끓게 하고 있고, 방탄소년단은 한류로 세계의 젊은 이들을 설레게 하고 있으며, 류현진 선수는 메이저리그 방어율 1위에 올랐는가 하면, 손흥민은 축구의 종주 유럽 무대에서 한국축구의 새로운 역사를 쓰고 있다.

우리와 한 시절 동고동락을 했던 기생충, 기생충은 원래 숙주가 없으면 죽게 돼 있다. 아직 개봉되지 않아 그 스토리를 자세히 알 수는 없으나 서로 어울릴 것 같지 않은 존재들이 함께 살아나기 위해 벌이는 사건을 다룬 영화가 '기생충'이 아니겠는가 하는 막연한 추리를 할 뿐이다.

회충, 편충 십이지장충 등 기생충의 종류만도 한두 가지가 아니지만 와중에 정치충들은 민생을 외면한 채 등원도 하지 않으면서 세비나 받아 챙기는 짓들을 하고 있었다.

6장

길위의 인생

이제부터는 수치적 목표를 의식하고 걷는 만행(萬行: 萬步)이 아니
라 소풍하듯 휘적휘적 천지사방을 느긋이 바라보며 걷는 만행
(漫行)의 길이였으면 한다. 또 한, 그 길이 비우되 허무가 아니며,
세속인이 함부로 쓸 문자는 아니되 성찰과 자아를 재발견하는
만행(卍行)의 길이기를….

만행

묵은해가 가는 줄 모르게 지나갔다. 그러다가 보니 새해 역시 오는 줄 모르고 맞이했다.

그나마 기분이라도 내려고 연두시年頭詩 한 편을 써놓고 보니 시답잖기도 하고 시詩답잖기도 하다. 망설이다가 용기를 내어 올렸지만 읽는 사람도 같은 생각이었는지 누구 하나 댓글 한 조각도 달지 않는다. 분위기를 끌어올리기에는 부족했던가 아니면 모두 피난살이에 지쳐 짧은 인사조차도 포기하도록 귀차니즘에 빠져들었거나 둘 중에 하나일 것이다.

누구랄 것도 없이 매년 1월 1일은 새로운 각오로 시작을 한다. 새해는 이런 저런 일을 해야지 하는 새로운 계획을 세우고 마음과 약속을 한다. 하지만 올해는 달랐다. 동해안에서 새해에 떠오르는 해를 맞이하는 행사도 금지되고 분위기가 살아나지 않다가 보니 가족의 평안을 기원하는 간단한 의식도 사라졌다.

새해면 의례 찾아오는 아들 며느리의 방문도 자제를 하자는 쪽으로 분위기가 잡히면서 손주들의 재롱도 볼 수 없으니 참 어색한 한 해를 시작한 것이다.

그런들 막무가내로 솟아오르는 해를 막을 재간도 없으니 마스크를 여며 쓰고라도 기꺼이 맞이해야 할 일이어서 아내가 차려놓은 떡국을 꾸역꾸역 먹고 가까운 산에 오른다. 그날따라 정상 부근에서 핸드폰의 만보기 앱은 꽃가루 팡파르와 함께 8,000km를 걸었다는 메시지를 띄워줬다. 하루 만 보씩 걷기로 결심한 것은 5년 전 새해였다. 운동시간과 일이 겹칠 때는 더러 건너뛰기도 했지만 시간과 장소에 구애 없이 하루 4 ~ 7km씩 꾸준히 걸은 결과다. 얼추 계산을 해 보니 5년간 두 달에 한 번씩 서울과 춘천을 걸어서 왕복을 한 셈이고, 서쪽을 향해 곧장 걸어갔다면 서울에서 프랑스 파리까지 8,974km니까 아마도 체코의 프라하쯤에 도달해 있을 것 같다. 걷고 또 걸으면서 도대체 나는 무슨 생각을 했던 것일까. 그리고 그동안 나에게 어떤 일들과 새로운 변화가 있었던가.

어느덧 2,000km만 더 걸으면 10,000km를 돌파하게 된다. 그런들 득도를 할 것도 아닐 것이니 이제부터는 수치적 목표를 의식하고 걷는 만행(萬行: 萬步)이 아니라 소풍하듯 휘적휘적 천지사방을 느긋이 바라보며 걷는 만행漫行의 길이였으면 한다. 또 한, 그 길이 비우되 허무가 아니며, 채우되 모든 이들에게 이로운 길이기를, 세속

인이 함부로 쓸 문자는 아니되 성찰과 자아를 재발견하는 만행卍行
의 길이기를 바란다.

벽두劈頭

새해에는 긴 잠에서 깨어 그대를 만나러 가리라
설레이는 가슴일랑 지그시 누른 채
동백꽃 닮은 선홍빛 마음으로
그대를 만나러 가리라

새해에는 조상으로부터 물려받은 땅을 일구리라
서툰 쟁기질일 망정 묵은 잡초를 걷어내고
씨줄로 날줄로 이랑 만들어 씨 뿌린 후
옛 농부의 마음으로 가꾸고 거두리라

새해에는 가끔씩
잊어버렸던 나를 찾아 길을 떠나리라
삼신할미가 점지한 제 모양과 제 색깔과 제 목소리 제 표정으로
제 복만큼만 어깨에 걸머지고

소를 닮아 뚜벅 뚜벅 제 할 일 하고 제 갈 길을 가는

나를 만나러 길을 떠나리라

치열하게 살아왔던 날의 집착과 격정을 내려놓고

팽팽하게 잡았던 삶의 고삐를 느슨하게 잡은

온유溫柔함이 나를 지배하게 하리라

나와 그대의 삶을 비교하지 않으며

비록 작을지라도 가진 것 나누며

투박한 질그릇 같은 소박함이 힘이 되는 날들이 되리라. 그리하여

옷깃 다시 여미고 그대를 만나면

연필로 꾹꾹 눌러 쓴 마음으로부터의 평화를 꺼내어

오롯이 전해주리라

산수유 가지마다 서설瑞雪이 덮히는 새해 벽두劈頭

비워진 마음으로 새 길 위에 서리라

치앙라이로 가는 길

"이 여권, 혹 다른 사람 것이 아니니? 여권의 사진이 당신의 모습과 다르다."

"무슨 소리지? 나는 이미 태국공항의 이민국 직원으로부터 내 여권임을 인정받고 태국에서 지내다가 미얀마에 입국했다. 나는 다른 사람의 여권을 가지고 여행을 할 이유가 없다."

치앙마이대학교에서 강의를 마치고 태국 북부에 소재한 치앙라이를 거쳐 미얀마를 여행하고 다시 태국으로 돌아오는 1박 2일 일정의 여행길에 국경검문소에서 이민국 직원과 다툼이 벌어졌다. 온갖 장식물을 주렁주렁 유니폼에 단 위압적이고 근엄한 표정의 그는 여권의 나이보다 내가 젊게 보인다며 시비를 걸어왔다.

나이보다 젊게 보인다니 별로 기분이 나쁜 시비는 아니었지만 타국에서, 그것도 여행 위험군에 속해있는 미얀마에서의 입출구의 문제라 어떻게든지 국경 게이트를 넘어 태국 땅에 발을 들여놔야 안심할 일이다.

전날 치앙마이를 떠나 치앙라이에서 하룻밤을 묵었었다. 치앙라이에서 미얀마국경까지는 약 1시간의 거리다. 태국에서는 육로로 간단한 입국 절차를 거치면 인접 미얀마든 라오스든 캄보디아든 갈 수 있는데 내국인들은 시장을 가듯 자연스럽게 국경을 오갔다.

여행 전날 만난 한국인 선교사 박 목사 부부가 한 미얀마에서는 소매치기나 북한 공작원들에 의한 납치 등 여러 가지 위험성이 있으니 조심하라는 말이 퍼뜩 떠올랐다. 특히 마약 밀매가 성행하는 곳이어서 자신도 모르게 여행 가방에 마약이 넣어져 자칫 운반책이 될 수도 있다는 조언도 있었던 터라 이민국 직원과 시비가 일자 약간의 긴장감이 생겼다.

어쨌든 위험을 무릅쓰고 서둘러 미얀마 국경의 살아가는 모습은 무탈하게 잘 돌아보기는 했지만, 국경검문소가 세계 여권 파워 2위인 한국인의 여권을 가지고 시비를 걸 것이라고는 미처 생각하지 못했다.

해외여행 중 이민국 직원의 비위를 건드리는 것은 금기시 되는 일이다. 자칫 곤혹스러운 일에 처할 수 있기 때문이다. 시비가 잘 가려지지 않자 생각할 틈을 주지 않고 이번에는 내가 이민국 직원에게 물었다. 하지 말아야 할 도발을 한 것이다.

"너는 나이가 몇 살이냐?"

나의 기습적인 질문에 대답할 의무가 없는 그가 얼떨결에 투박한 발음의 영어와 두 손의 손가락을 이용해 대답을 했다.

"52세다."

"내 눈에 너는 42세로 보인다"

내 뜻은 사람에 따라 잘못 보일 수도 있다는 뜻이었다. 내 말에 조금 기가 막혔던가, 어처구니없다는 표정을 짓던 그는 나의 여권을 돌려주며 매우 과장된 목소리로 외쳤다.

"PASS!"
(누가 뭐래, 여권이 'PASS'PORT라는 것을 넌 몰랐니?)

행복의 조건

두 번째 중국방문, 인천에서 하늘길을 따라 중국의 스촨시, 그리고 스촨을 출발해 구체구를 거쳐 홍원고원을 돌아 다시 스촨에 돌아오는 그야말로 장도長途였다. 비행거리를 제외하고 육로로만 총 종주거리 2,800km, 중국의 중북부지역을 다녀왔다. 중국농촌의 관광자원화 실태를 돌아보는 기회였다.

일정의 대부분을 야크를 방목하는 북부 고원지역을 돌아봤는데 고도 3,950m에서 난생처음 고산증을 겪는 경험을 했다. 어지럽고 구토 증세에 다리에 힘이 풀리는 현상이 구채구와 고원지역을 순회하는 내내 이어졌다.

고원방문 길에 소수민족들이 살아가는 모습도 생생하게 경험했다. 세계적으로 버킷리스트에 오른 구채구九寨溝와 차마고도茶馬古道

도 돌아볼 수 있어서 이번 중국 출장은 더 없는 행운이었다.

일주일 만에 귀국하니 우리나라는 한 교육 관료에 의해 동물농장이 되어 있었다. 아직도 원시적 환경을 벗어나지 못한 야생의 야크들과 동고동락하며, 몇 년은 감지 못한 듯 떡진 머리에 언제 세탁을 했는지도 모를 땟국이 주르르 흐르는 외투를 입고서도 자신이 세상에서 가장 행복한 여인이라고 말하며 미소를 짓던 묘족 여인의 모습이 떠오른다.

"어차피 대중들은 개, 돼지들입니다. 뭐하러 개, 돼지들에게 신경 쓰고 그러십니까. 적당히 짖어대다가 알아서 조용해질 겁니다."

그가 인용했을 뿐이라는 영화 〈내부자들〉에 등장하는 대사다. 제아무리 인용이라고 한들, 문명국가 99%의 사람들이 1% 안팎의 권력자나 기득권자들에게 개나 돼지가 되어 사육되듯 살아간다는 그의 발상은 도대체 어디에서 시작이 된 걸까?

그럼에도 몇 달이 지나야 외부 사람을 만날 수 있는 곳에 사는 목동의 아내는 얼굴 가득 행복한 미소를 짓는 이 세상은 참 아이러니하다는 생각이다.

진정으로 우리에게 행복을 가져다주는 것은 의외로 가깝거나 단순한 데 있으며, 현실에 만족하고, 감사하는 삶의 태도에 있음을 여행을 통해 배운다.

차마고도茶馬古道 위에서

차마고도茶馬古道의 입구에 들어서면서 느낌을 짧게 메모를 한다. 마방馬幇들은 나귀에 차와 소금을 싣고 이 길을 따라 만릿길 샹그릴라를 오갔을 것이다.

살아서 고향으로 돌아간다는 보장이 없는 길, 가족들에게 그럴 수도 있다는 말을 차마 못하고 떠나는 길. 그들은 눈물과 길고 깊은 한숨을 삼키며 그 길에 들어섰을 것이다.

차마 고도에서

집을 떠나면서
차마 아내에게 못한 말 대신
갈라진 발바닥에 흐르는 피로 길을 적셨네.

차마 자식에게 못한 말 대신 눈물을 길 위에 뿌렸네.

아로장포강에 비추던 달빛에 그리움 담아 흘려보내며
목숨보다 더 소중한 차 보퉁이 매달린 나귀의 목덜미를 잡고
꾸역 꾸역 터지는 울음을 삼켰네.

만리보다 먼길
바람과 구름의 자취를 따라
발아래 천길 아득한 낭떠러지와 안개 숲
신이 우리를 지켜 줄 것이니
친구여
나귀의 방울소리 더 크게 울리게나
오체투지 하듯
길을 열게나

살아서 돌아가야지

살아서 돌아가야지

샹그릴라에서

차와 소금 바꾼 말고삐를 굳세게 잡고

정든 아내와

사랑스러운 아이들이 기다리고 있는 고향으로 돌아가야지

야크가 평화로이 풀을 뜯는 고향의 푸른 초원이여!

나의 위대한 신이여!

아, 그나마 귀신이 되어서도

돌아갈 곳이 있어

눈물겨워도 걸어야 할 인생이여!

장족의 특별한 결혼문화

사천성에 소재한 '구채구(九寨溝, Jiuzhaigou)'를 방문했을 때 중국 장족 여인의 야외 웨딩촬영 모습을 볼 수 있었다. 전통복장을 차려입은 장족 신부의 복장에서 우리의 전통혼례에서 볼 수 있는 족두리와 오방색을 발견하고 놀랐다. 들러리로 따라온 장족 들러리가 스마트폰을 들고 화장을 고치고 있는 모습에서 이제는 그들이 고립에서 벗어나 문명사회의 공동체가 되고 있음을 실감하게 된다.

중국의 장족들은 전통적으로 일부다처제나 일처다부제가 행해지고 있다는 말에 우선 놀라게 된다. 다처일 경우의 여자들은 자매간이고, 다부일 경우의 남자들은 형제일 경우가 많다. 그러나 일부다처제보다는 일처다부제의 비율이 높아 아직도 모계사회임을 알수 있다.

놀라운 사실은 아버지와 아들이 한 여자를 공유하는 경우와 어머니와 딸이 한 남자를 공유하는 경우인데 아버지가 아내를 잃고 다시 장가를 들거나 어머니가 과부가 된 뒤 가족을 부양할 남자가 필요한 경우에 이뤄진다. 예를 들어 과부가 된 어머니는 먼저 새 남편을 맞이한 뒤 딸이 성장하면 계부와 결혼시켜 남편을 공유하는 방식이다.

이는 외부세계와의 접촉이 어려운 척박한 땅인 고지에서 유목민들이 자연스럽게 이뤄낸 그들만의 독특한 생존방식이며 오랜 풍습이다. 따라서 장족은 혈연에 바탕을 둔 성 개념은 전혀 없고 오직 이름만이 있을 뿐이다. 이름마저도 단순해 구별이 어려울 때는 이름 앞에 젊고 늙음, 생김새, 출생지 등의 특징을 곁들여 이름 짓는 것이 일반적이다.

우리가 과거 북방 족들을 싸잡아 오랑캐라고 비하한 이유이며, 가족관계와 혈연에 대해 무엇보다도 엄격한 한민족의 후손으로 태어난 것은 참 다행 중의 다행이다.

한편, 중국정부는 장족자치구를 점령한 이래 이러한 결혼 풍습을 금지하고 일부일처一夫一妻제를 강화함으로써 전통적 가족 사회에 많은 변화가 이루어지고 있다고 현지를 안내해준 안내원은 몇 번이고 애써 강조를 했다.

성불成佛의 길

라마교는 티베트(西藏)를 중심으로 몽고, 부탄, 네팔 등지에 성행하는 불교의 한 종파다.

'라마*bla-ma*'는 수행을 오래 한 고승을 일컫는 명사로 위대한 스승이라는 뜻이 담겨있는데 일반적으로 티베트불교를 라마교라고 부르지만, 그들은 스스로를 라마교도라고 부르지는 않는다. 그저 티벳불교의 수행자일 뿐이다.

라마교에는 크게는 세 가지 종파가 있는데 덕목이 '정법正法인 다르마*darma*', 풍요豊饒를 의미하는 '아르다*artha*'와 함께 육체적인 쾌락快樂을 의미하는 '카마*kama*'가 있다.

'다르마'나 '아르다'는 도를 행하는 종교로서의 품격을 지닌 종파로 알려져 있으나 '카마'는 인도의 좌도밀교와 힌두사상에 영향을 받아 현세에서 성의 극치를 통한 성불을 추구하다가 보니 일부 이단적인 종파로 오해를 받고 있는 것도 사실이다.

그러나 그들에게 성sex은 우리가 생각하듯 외설이 아니라 지식, 해탈과 함께 인생의 3대 목표 중 하나로 성애性愛를 완성할 때만이 인생의 쾌락과 내세의 행복을 기대할 수 있다는 교리다.

힌두사원의 벽면이나 불화에 보면 노골적인 여러 체위의 남녀 합체의 모습들이 그려져 있는데, 고대 인도인들은 성이란 새로운 것을 창조하는 힘이며, 신에 접근하기 위한 수단으로 여겼다는 증거다. 이러한 성에 대한 인식의 영향으로 신전은 성적인 조각으로 가득 차게 되었다.

한편으로는 성애로부터의 좋지 못한 영향력과 그 피해를 막는 방법, 치료법 등을 잘 숙지하여 정법, 실리, 성애의 세 가지 도道에 이르고자 하는 목적으로 제작된 책이 바로 『카마수드라』다. 이 성교합과 관련된 서적은 웬만큼 신분을 갖춘 인도인들에게는 필수적인 성 교과서로 자리를 잡게 되는데 한때 우리나라의 많은 사람들이 이 카마수드라에 관심을 가진 적이 있었고, 요가도 카마수드라의 한 수련 방법으로 알려지고 있다.

아무튼 그들은 성性을 매우 신성시 여기고 있었는데 쾌락快樂을 통해 성聖을 구축했든 성聖을 이루기 위해 성性을 수단시 했든 간에 몽환적 종교 관념을 가지고 있다는 생각이 든다.

고독 孤獨

도대체 고독이란 무엇인가?

인간은 왜 가끔씩 고독을 찾는 것인가?

누군가가 '침묵은 비명'이라 했듯이 고독이란 홀로 있는 즐거움이고 동시에 고통인가? 아니면 마가렛 뮬락의 말처럼 진실로 가치 있는 것을 선택할 수 있는 실험실인가?

남은 치약을 짜내듯 억지로 고독해지기란 쉽지 않은 일이지만 막연하게나마 혼자만의 시간이 필요했다.

보헤미안처럼 배낭 하나 걸머메고 홀로 찾아간 방콕의 짜오프라야강 강변 호텔에서 저 멀리 새벽사원(왓 아룬)을 바라보며 한순간만이라도 진정 고독한 인간이기를 소원했다.

그러면서도 나는 '새벽사원'에 아침이 오고, 저녁을 맞으면서 서서히 눈부신 조명이 들어오는 풍광을 그곳의 지명처럼 방콕을 한 채 무엇에라도 홀린 듯 변화하는 순간들을 백 컷도 넘는 사진으로 기록했다.

고독했으면서도 결코 고독하지 않았던 시간들…. 고독하자면서도 그 시간은 어쩌면 고독을 잃어버린 시간인지도 모른다.

지금 고독을 느끼기에 고독하지 않았던 시간들이 그리워지듯이 지독하게 고독해 본 사람만이 비로소 사람과 사물의 존귀함을 알게 된다. 고독은 결코 혼자 있는 시간이 아니다. 혼자이면서도 더 많은 사람들, 더 많은 상념들과 함께한다.

언제부터인가 고독을 잃어버린 현대인들에게 한 번쯤 불도들의 수행처럼 진정 고독해 보라고 권하고 싶다. 사원의 탑을 멍때리듯 바라보다가 비몽사몽(?) 새벽을 맞는다.

7장

식객食客

만원 안팎이면 누릴 수 있는
'맛있는 인생'이 요즈음
내 생활의 모토가 되어있다.
맛있는 음식이 있는 곳은
사람도 풍경도 아름답다.

바닷가에서

　살아오면서 설악雪嶽으로부터 시작해 내장內藏으로 서서히 물들어 오는 가을을 맞은 적이 있으나 하룻밤 사이 곤두박질치듯 하늘에서 뚝 떨어진 가을을 맞이하기는 이번이 처음인 듯싶다. 갑자기 20여 도나 뚝 떨어진 기온에 적응하기 무리였는지 한 이틀 급성 몸살(?)을 앓아야 했다.

　몸이 좀 나아지면서 폭염과 몰려드는 외지 차량에 고립이 되어 휴가마저 변변하게 보내지 못한 일이 내내 아쉽고 억울해 도로 사정이 좀 나아졌다는 뉴스를 접하기 무섭게 훌쩍 바다를 향해 무작정 액셀레터를 밟는다. 인생도 처음부터 작정하고 시작한 길은 아니었다.

TV에 비치던 바닷물을 다 삼켜버릴 듯 북적이던 피서 인파가 무수한 발자국만 남기고 떠나버린 가을 바닷가, 여름을 이겨내느라 지쳐버린 몸과 마음을 알아주기라도 하듯 바다는 옥빛보다도 푸르고 하늘은 마지막 리허설처럼 계절에 어울릴법한 멋진 구름을 연출해 준다.

한 계절을 놓치고 나면 다시 새로운 계절이 시작된다. 윤회설이라도 입증하려는 듯 끊임없이 이어지고 반복되는 계절과 세월의 흐름, 마치 밀려오는 파도와도 같다는 생각에 나는 이 바다를 늘 그리워한다.

오랫동안 못 만났던 정겨운 친구를 만나 초당순두부를 먹는다. 잘 만들어진 초당 전통 순두부는 경포 가을 바다 위에 떠 있는 뭉게구름과 영락없이 닮았다.

주방 앞에서

금기가 깨어진 지 꽤 되긴 했다. 우리의 어머니들은 사내자식이 부엌에 드나들면 ××이 떨어진다고 얼씬도 못하게 했던 시절이 있었는데 어쩌다 이 지경이 되었는지 모를 일이다.

어쩌다가 시츄에이션 드라마를 보다 보면 아예 밥하기나 설거지하기 가위바위보를 하자고 대드는 어처구니없는 일은 다반사고, 게임에서 지기라도 하면 외식이나 하자고 흥정을 하고, 툭하면 다이어트를 빌미로 과일 몇 쪽과 빵 한두 조각으로 아침을 때우기는 다반사가 되었다. 반전의 식문화가 전개되고 있는 것이다.

엊그제까지만 해도 직장에서 예우를 받으며 맛집을 찾아 이곳저곳을 기웃거리던 식도락가였는데 이젠 제법 에이프런이 어울리는 유사 주부 신세로 전락한 자신을 발견한다. 하기야 유명한 요리

사들의 대부분은 남자이고 보니 딱히 변명거리도 없지만 이건 아니다 싶다가도 그야말로 삼시 세끼 구색에 맞게 얻어먹기라도 할라치면 요리학원으로 발걸음을 돌려야 할 판이다.

물론 일이 이렇게 번진 데는 이른바 먹방이 한몫을 했을 것이다. 유명 연예인들이 먹방에 줄줄이 출연해 요리 배틀을 하는가 싶더니 유명요리사 백종원씨는 백주부라는 이름으로 일을 부추기고 있다. "아주 간단해요.", "참 쉽죠 잉?" 이래 가면서 말이다. 요리에 이골이 난 그에게는 요리 한두 가지 만드는 일이 참 쉬운 줄 모르겠으나 어머니의 가정교육을 철저히 실천해온 세대에게는 라면 하나 끓이는 일도 결코 쉬운 일이 아니다.

어떤 선배는 은퇴 며칠 후에 아내가 없는 사이 밥을 차려서 먹으려는데 요즘 꽤 잘나간다는 브랜드의 전기밥솥 뚜껑 여는 방법을 몰라 자장면을 시켜서 먹었다며 엄살을 떨기도 했는데, 일 전 만났더니 아직 직장에 다니는 아내의 권유도 있어 자의 반 타의 반 요리학원에 등록을 했다고 한다.

이 같은 현상에서 벗어나는 일은 벤처기업이라도 차려 꽝 꽝 벌어 전용 요리사를 두는 방법밖에 없는데 사정이 이렇게 되고 보니 당장은 '대세'라는 수식어가 붙여진 채 언제 아내 손에 이끌려 요리학원으로 끌려가야 할지 전전 긍긍해야 할 판이다.

된장 타는 냄새가 창문 틈으로 솔솔 위로 올라오는 것을 보니 같은 시기에 은퇴한 아랫집 사정도 예사롭지 않은가 보다.

사천요리 이야기

여행에서 먹거리를 빼면 그 의미가 반쪽이 될 것이다. 일 외의 시간을 활용해 이국의 문화를 마음껏 향유하는 일은 두고두고 소중한 추억이 될 것이기도 하다.

대단한 미식가는 아니지만 중국 4대 요리 중의 하나인 사천요리의 중심지인 사천시에 갔으니 사천요리의 진수를 맛보는 것은 당연한 일이다.

중국 요리는 크게 4가지로 나뉜다. 황하유역의 북경요리, 양자강 유역의 상해요리, 중서부 지역의 사천요리, 남부 연안지방의 광동요리가 그것이다. 맵고 짜고 기름진 것이 특징인 사천요리지만 한국 손님에 대한 주방장의 통 큰 배려로 방문 첫날저녁 58도나 되는 죽엽 청주를 곁들인 호텔 만찬은 매우 만족할만했다. 그러나 하루 이틀 지나고 북부지방으로 올라갈수록 사천요리의 그 특징이 점점 강해지기 시작하더니 급기야 요리사가 "어디 사천요리 한번 제대로 먹어봐라!"하고 마음껏 뿌린 듯한 향신료가 속을 뒤집어 놓기 시작했다.

더구나 해발 4천 미터에 가까운 홍원 대초원에서 맛본 향신료 투성이 야크의 거시기 꼬치구이는 비위가 약해서일까 거북하다 못해 토吐까지 해야했다.

"일채일격一菜一格백채백미百菜百味"(요리마다 다르고 백가지 요리가 백가지 맛을 낸다)라고 독창성을 칭송받는 사천요리, 하지만 나는 어쩔 수 없는 한국 토종이었다.

엿새 내내 기름진 사천식만 먹다가 인천공항에 내리면서 아내에게 전화를 걸어 한 첫마디는 안부에 앞서 "여보, 된장 듬뿍 넣고 아욱국 좀 끓여놓게"였다.

본능적으로 내장에 낀 기름기를 걷어내는 데는 된장국만 한 음식도 없을 듯싶었기 때문이다.

악마처럼 검고
천사처럼 아름다운…

커피를 처음 맛본 것은 어릴 적 친구의 형님이 월남에 파병되었다가 돌아오면서 가지고 온 카키색 봉지에 담겨있던 미군용 가루커피 덕이었다.

어느 날 하굣길에 친구의 집에서 말로만 들어 온 커피를 몰래 타 먹기로 했다. 친구의 형이 벽장 안에 소중히 감추어 둔 커피를 몰래 꺼내고, 들은풍월은 있어 사기로 된 커다란 사발에 그 특유의 찐한 갈색의 미군용 커피를 한 봉지씩을 털어 넣고 뜨거운 물을 부은 다음 놋숟가락으로 휘휘 저어 행여 누구에게 들킬까 맛볼 사이도 없이 단숨에 들이켰었다.

뭐지? 이 쓰디쓰고 거친 듯 부드러운 맛이라니…. 얼마나 지났을까. 장腸을 직행하는 진갈색 설사가 이어지는가 싶었는데 뱃속에 있는 모든 것을 다 밑으로 쏟아내고 난 후 몸은 허기로 휘청거리면서도 정신이고 눈이고 말똥말똥해지면서 꼬박 알밤을 새워야 했던 기억이 아직도 생생하다.

고등학교 졸업 무렵, 그때는 음악다방에도 카운터 겸 마담이 있었던 시절이었다. '명다방'이라는 상호의 찻집에서 이지적인 자태의 마담과 당시 막 유행을 시작했던 포크송에 한껏 취해 가난한 주머니를 탈탈 털어 마시던 커피는 바로 청춘의 맛과 향기였다.

"악마처럼 검고 천사처럼 아름답다"는 커피, 두 세잔은 마셔야 하루를 잘 보낸 듯한 작금, 한잔 커피를 마시며 참 오래전의 기억을 떠올려봤다. 가끔씩 찾는 강릉이 이젠 외신에 소개될 만큼 굴지의 커피도시로 자리를 잡은 듯하다. 아이러니하게도 커피나무 한그루 자라지 않는 땅에 지구촌 어디에서도 그 유례를 볼 수 없는 커피거리가 탄생한 것이다. 그리고 나는 강릉에 내려갈 때마다 국내에 내노라하는 바리스터가 내려준 커피를 맛볼 수 있어 정말 좋다.

대관령을 넘기 무섭게 거리마다 골목마다 이름 모를 산촌에 이르기까지 커피향기로 가득한 커피가 밥 먹여 살리는 컬쳐노믹스의 도시 강릉! 테이크 아웃으로 뽑아낸 커피 한 잔 들고 시나미(천천히) 푸른 솔밭과 바닷가를 거니는 낭만이라니…

맛있는 인생

"당신하고 살며 보니 다 마음에 안 드는데 밥상 받고 투정 안 하고 먹어 주는 거 이거 한 가지는 내 높이 산다."

평생을 두고 아내에게 들은 유일무이한 칭찬이다. 외에 남편의 역할이나 소소한 일상의 행위들은 별로였던 모양이다.

나는 밥투정 반찬 투정을 해 본 기억이 별로 없다. 썩 좋은 식성은 아니지만, 아내가 만들어 주면 만들어 주는 대로 군말 없이 먹는다. 한술 더 떠서 귀찮아하든 말든 밥은 가급적 집에서 해결하려고 한다.

그런 내가 요즈음 외식에 관심을 두기 시작했다. 새로운 관점에서 싸고 청결하며 맛있는 요리에 눈을 떠가기 시작한 것이다. 출장

길에는 거의 출장지에서 가장 맛있게 요리를 하는 소문난 집을 찾고 주말에는 아예 맛집을 찾아 여행을 떠나기도 한다.

좋은 집에서 살기 위해서는 거액의 투자가 필요하다. 일상적으로 두 식구 불편함 없이 살고 아이들이 오면 거실을 활용할 정도의 평수면 된다. 더구나 섬유 강국인 우리나라에서 생산한 옷들은 품질과 디자인 면에서 외국 어디에 내놓아도 손색이 없다. 따라서 꼭 비싸고 좋은 옷을 꼭 입어야 할 필요도 없다. 아무렇게나 걸쳐도 멋지고 아름다우니 위생적이고 실용적이면 된다.

하지만 음식은 다르다. 그것은 건강과 직결되어있기 때문이기도 하고 한두 번 즐기는 데 큰 비용을 필요로 하지 않기 때문이기도 하다.

호사가들처럼 월드투어를 하며 요리를 맛볼 기회를 누리지 못할지언정 국내에서라도 소박한 농가 맛집 같은 맛집 버킷리스트를 작성하고 다녀 볼 요량이다.

만원 안팎이면 누릴 수 있는 '맛있는 인생'이 요즈음 내 생활의 모토가 되어있다.

맛있는 음식이 있는 곳은 사람도 풍경도 아름답다.

식객食客

일전, 한 연구원의 흉계(?)에 휘말려 잘못된 오랜 습성을 고치는 연구에 동참을 하게 되었다.

이른바 생략과 절제, 단순성의 미美를 추구하는 미니멀리즘 *minimalism* 프로그램 중 한 가지로 인간의 5욕(재물욕, 명예욕, 식욕, 수면욕, 색욕) 중 한 가지씩 미션을 배정받아 생활 속에 접목하는 실험에 참여를 하게 된 것이다.

금욕? 마음속으로 '얼마나 오래 살겠다고…'라는 셀프 비아냥도 했지만 한 번 시도를 해보기로 한다. 그런데 다섯 가지 미션 중 야속하게도 제비뽑기를 통해 나에게 주어진 미션은 다름 아닌 밀가루 음식 열흘간 끊기다.

이 밀가루 음식을 열흘만 끊으면 툭 튀어나온 배가 눈에 띄도록 들어간다는데, 뱃살도 줄이고 성공보수까지 일석이조의 기대감에 눈이 멀었던가 실패하면 실험비를 배로 변상해야 하는 관계로 재고해보라는 수차례의 권유를 물리치고 큰 소리로 'Yes sir!'를 외쳤다.

하지만 생각해 보라. 인간의 삶 중에서 먹는 즐거움을 그 어떤 즐거움에 더 비하겠는가. 거실에서 세상 가장 편한 자세로 가을야구를 보면서 마시는 생맥주 한잔과 은행잎처럼 노랗게 잘 익은 치킨 다리, 나뭇잎이 우수수 떨어진 공원이 보이는 카페에서 절친과 느긋하게 즐기는 향기로운 커피 한잔, 흠뻑 땀 흘리고 난 후 산정에서 후후 불어가며 취하는 따끈한 컵라면, 어느 뜨겁던 여름날 이름난 맛집에서 먹었던 막국수의 그 시원하고도 알콤했던 뒷맛, 그중에서도 유독 좋아해 결혼식에 가면 두 그릇을 게 눈 감추듯 해치우는 소박한 잔치국수는 익은 가을 붉게 타오르는 단풍잎처럼 식도락의 클라이막스를 치닫는다.

각설하고, 실험에 동참을 한 지 겨우 4일째, 가을야구 5차전이 있던 날 나는 아내가 모처럼 솜씨를 발휘해 야참으로 끓여내 온 핸드메이드 칼국수에 무너져버리고 말았다. 무엇에 홀리기라도 한 듯, 한 그릇 뚝딱 비우고 나서야 후회를 했지만 이미 배는 물 건너갔다.

아, 이 참을 수 없는 존재의 가벼움이라니, 못 먹고 살아온 것도 아닌데…. 오감五感의 세포들이 일순간 도미노 현상처럼 동물적으로 반응하면서 나는 성공보수 대신 실험비를 곱빼기로 물어내야 하는 일생일대의 오류(?)를 범하고 만 것이다. 내일 출근해 이틀에 한 번씩 진행 상황을 체크하는 연구원에게 뭐라고 변명을 해야 할지 걱정이 앞선다.

오욕五慾, 그중에서 가장 절제하기 어렵다는 식욕食慾, 몸에 해롭다고 애써 참기보다는 균형있게 조절하면서 즐기는 것이 '맛있는 인생'이라는 자위로 물어내야 할 실험비를 보상받기로 했다.

생각해 보면 일상적으로 또 같은 행사를 하루에 세 번 반복적으로 챙기는 것은 삼시세끼가 유일하다.

인생은 어쩌면 '食客의 길'인지도 모른다.

악마의 유혹

아침에 일어나면 창문의 커튼부터 열 듯 오늘도 커피 한 잔으로 하루의 일과를 시작한다.

어느새 한국인에게 커피를 마시는 행위는 일을 시작하기 전의 묵시적 의식과도 같아졌다. 식탁에 숭늉 대신 커피가 자리를 잡은 것이 언제인지 모를 만큼 한국인들은 오래전부터 커피에 푹 빠져있는 것이다.

2017년 기준으로 한국인의 커피 소비량은 1인 평균 377잔이나 된다. 성인 기준으로 하루 두잔 이상이다. 하루 평균 3잔인 필자가 1년간 마시는 커피의 양만도 1천 잔이 넘고, 미국인들이 하루에 소비하는 커피는 물경 4억 잔, 전 세계인이 마시는 커피가 1년에 약 6천억 잔이나 된다고 하니 정말 어마어마한 양이다.

그래서 커피는 석유에 이어 전 세계에서 두 번째로 교역량이 많은 물품이 되었다. 지구적 중독 현상이라고 봐도 무방할 만큼 커피는 이념과 종교, 사랑보다도 강하게 우리의 일상을 지배하고 있는 것이다.

그러다가 보니 커피는 이제 단순한 음료가 아니라 사회활동의 한 부분으로 상징적 가치를 지니게 되었다. 언제 어디서 누구를 만나든 커피가 없는 대화는 그렇게 무미건조할 수가 없을 정도다. 사람과 사람과의 관계를 더 부드럽고 친밀하게 하는 마력을 가진 음료가 커피인 셈이다.

따지고 보면 커피는 카페인을 함유한 중독성 있는 일종의 마약과도 같은 음료다. 다만 마리화나나 알콜과는 달리 담배처럼 사회적으로 용인된 음료일 뿐이다. 또한 커피는 세계에서 가장 가난한 사람과 부유한 사람들을 연결해 주기도 하지만 공정무역과 인권, 환경문제를 비롯해 동물학대에 이르기까지 논쟁의 중심에 자리 잡은 문제의 상품이기도 하다.

더구나 커피원두 한 톨 생산되지 않는 강릉 송정과 강문을 잇는 해변은 발칙하게도(?) 지구적 커피도시의 반열에 이름을 올리고 있는 마법과 같은 거리가 되었다.

다양한 얼굴과 관계, 국제적, 사회적 함의를 가진 커피, 그래서 프랑스의 작가 탈레랑은 커피를 이렇게 평가했다.

"커피는 악마와 같이 검고 지옥과 같이 뜨거우며 천사같이 순
수하고 키스처럼 달콤하다."

마실 때마다 악마와 지옥을 경험하고 순수한 천사와 달콤한 키
스에 빠지곤 한다는 사실을 의식하고 마신다면 오늘 당신이 마시는
커피는 또 다른 느낌으로 다가설 것이다.

단식 斷食

언제는 신이 정해준 선물이니 삼시세끼 굶지 말고 시간 맞춰 먹으라더니 이번에는 '간헐적 단식'이란다. 의학을 전공한 전문가들의 조언이지만 누구 장단에 춤을 춰야 할지 난감한 지경이다.

그동안 하루 세 끼 식사를 두고 아침은 가급적 간단하게 먹으라거나, 저녁은 만찬이니 충실하게 먹으라느니, 일찍 먹되 소식을 하라느니 등 참으로 많은 섭생의 방식이 등장했다. 그런데 요즈음 새롭게 등장한 식생활 트렌드의 대세는 '간헐적 단식'이다.

간헐적이라는 수식어가 붙기는 했지만, 비만한 연예인의 헬스케어나 정치인들의 정치적 목적달성을 위한 전유물로만 여겼던 단식이 어느새 우리 생활 속에 파고들고 있다.

간헐적 단식은 여러 가지 방법이 있지만 말 그대로 일주일에 1, 2회 정도 저녁을 굶는 방법으로 16~24시간 단식하는 식습관을 6개월 이상 유지하거나, 하루 8시간 동안은 두 끼 정도 먹고 16시간은 공복을 일주일에 3~4회 시행하는 것을 말한다.

이른바 '끼니의 반란'인 셈인데 생체의 시계를 조절하여 다이어트 효과를 얻을 수 있고, 인슐린 저항성을 낮출 수 있으며, 심장 건강과 암 예방, 두뇌 건강과 노화를 방지할 수 있다는 것이 전문가들의 의견이다.

정리를 하면 간헐적 단식은 일상적, 주기적으로 영양을 공급해주어 매너리즘에 빠진 몸의 생체리듬과 세포를 단식을 통해 오랜 잠에서 깨우고 다이어트로 당뇨 등 성인병을 사전에 예방하는 것이 주된 목적이라고 한다. 식욕은 인간의 오욕 중에 하나로 큰 즐거움 그 자체인데 그것을 포기해야 한다니 건강을 지키는 방식 중에서도 매우 고약한 방식인 셈이다.

간헐적 단식이 우리의 생체에 자극을 주어 회춘이라도 되게 하는지, 아니면 순조롭게 진행중인 생체리듬에 트러블을 일으켜 멀쩡하던 몸에 악영향을 주는지는 이미 시작한 사람들을 좀 더 지켜볼 일이지만 옛말에도 있듯이 먹는 것으로 장난치는 일은 썩 바람직하게 보이지 않는다.

일전 간헐적 단식으로 지나치게 살이 빠져 어깨와 허리는 허청하고 눈은 퀭해진 한 지인의 모습을 보면서 아무리 트렌드에 민감하기는 하지만 보건복지부장관 자리라도 하나 준다면 모를까 단식 잘 못하다가는 단명하겠다 싶어 동참하지 않는 것으로 방향을 잡았다.

그럼 겨우내 잠자고 있던 세포들은 어떻게 깨우냐고?

콩가루에 잘 버무린 봄 향기 가득 머금은 냉이국 한 그릇이면 아마 눈이 번쩍 떠질 것 같다.

아프리카노 *Africano*

커피문화가 프랜차이즈라는 생소한 플랫폼을 타고 한국에 상륙하여 시장을 막 넓혀가던 시절의 얘기다. 지금도 그렇지만 커피 메뉴는 우리에게 익숙하지 않은 외래어투성이다. 전량 해외에서 수입이 되는 마당이니 당연하다 할 것이다.

커피는 에스프레소를 기본으로 카페 아메리카노, 카페 라떼, 카푸치노, 카페모카, 카페오레, 마끼아토, 콘파냐, 파르페 등 원산지와 원두의 가공(추출) 방법에 따라 수없이 많다.

당시 커피하면 의례히 떠오르는 국가가 에티오피아였는데, 케냐, 탄자니아 우간다 등 주로 아프리카에서 생산된다는 것이 정설로 통했다. 물론 이후 커피벨트에 속하는 브라질, 컬럼비아, 볼리비아 등 남미와 베트남, 인도네시아, 자바, 필리핀을 비롯해 동시아권에서도 대량 생산, 수입되고 있는 것을 알게 된다.

지금처럼 몇 걸음만 옮기면 가로변 골목 할 것 없이 곳곳에 커피 전문점이 있는 것이 아니라 취향에 따라 커피 한 잔 제대로 마시려면 여기저기 수소문을 해 일부러 찾아가야 했던 시절, 기억도 까마득한 어느 해 어느 날 친구와 약속을 잡고 해안가 어느 소문이 자자한 커피숍으로 갔는데 이 분야에 조금 일찍 감각이 트인 친구가 주문대 앞에 서서 화장실로 향하는 나에게 느닷없이 물었다.

"자네는 뭘로 마실거야?"

사각 유리병에 든 맥ㅇ커피가 고작이었던 때, 어디서 들은 풍월은 있어 가지고, 커피매니아라도 되는 것처럼 허세가 잔뜩 섞인 악센트를 넣으며 매장이 쩌렁쩌렁 하도록 이렇게 대답했던 듯 하다.

"아, 난 아프리카노!!"

그런데 더욱 웃기는 일은 커피숍 안에 있던 대부분의 사람들은 나의 이 아리송하고도 해괴한 커피 이름을 듣고도 전혀 웃지 않았다는 사실이다. 아마 그들도 커피에 관한 한 나와 같은 수준의 초보였기 때문일 것이다. 아니면 이 어처구니없는 커피 이름에 기가 막혀 말이 안 나왔던가…

우리가 즐겨 마시는 아메리카노는 '아메리카인처럼' 이라는 뜻을 가지고 있는데 커피 발자국을 따라 역추적을 해 보면 시장성에서 대륙과 대륙의 충돌인 동시에 커피매니아들이 받아들이는 어감과 맛과 향기는 사뭇 다르다. 물론 '아프리카노'라는 이름의 커피는 그때나 지금이나 없다.

커피의 주산지가 아프리카로만 알려졌던 당시 아프리카에서 생산된 커피가 왜 가공된 후에는 아메리카노로 불리는지 궁금했기에 이후 나는 이날의 실수를 만회하기 위해 커피에 관한 연구에 집중해 「커피의 경제학」이라는 논문과 칼럼을 학회지와 신문에 게재해 호평을 받긴 했는데…

그 친구와 나만 아는 나의 별명이 된 '아프리카노',

만나면 한쪽 눈을 찡긋하며 나를 '하이! 아프리카노'라고 놀려먹던 옛 친구, 나는 오늘 그 친구를 생각하며 아메리카노, 아니 아프리카노를 마신다.

오늘따라 그가 그립다.

8장

위드 코로나

어느 날 마치 스텔스 폭격기처럼 지구촌을 공포의 도가니로 몰아넣은 코로나 19, 그렇지 않아도 누구를 막론하고 파란만장했다고 생각되는 사람들의 인생에 기어이 끼어들면서 지구의 주인이라도 된 양 인류를 위협하고 미디어의 분량을 잠식하며 파란을 일으키고 있는 것이다.

위드 코로나

1. 스텔스 코로나

계절의 여왕이라는 5월이 찾아왔지만, 문득문득 울화가 치밀어 온다. 코로나19가 아니었더라면 아마 나는 지금 태국의 국립대학 캠퍼스 게스트하우스에서 바삐 다음 날 할 강의 준비를 하고 있었을 것이다. 아니면 그토록 다시 여행하기를 소원했던 파리의 세느강 변을 유유자적 거닐거나 피렌체의 두오모 대성당 앞 광장에서 비둘기에게 모이를 주고 있을지도 모를 일이다.

더구나 눈에 보이지도 않는 일반 세균의 1,000분의 1에 불과한 바이러스에 쫓기듯 학교 문을 나왔으니 지구의 고등동물인 한 인간으로서 어찌 자존심이 상하고 억울하지 않겠는가.

그것이야말로 억장이 무너질 일이다.

마늘과 쑥만 안 먹었지 사람이 되기를 원하는 곰처럼 스스로 동굴 같은 아파트에 갇힌 채 곧 끝날 것이라는 기대감으로 하루하루를 보내다가 보니 어느새 은둔 100일을 맞이한다. 모든 이들의 삶이 어디 그리 만만하겠는가만 이런저런 새해 소망과 계획들을 준비 중이던 선량한 시민들에게, 연구실을 떠나 오랜만에 일상탈출을 꿈꾸던 나의 주변으로 예고도 없이 불쑥 찾아온 코로나 19는 삶의 질서와 멘탈을 송두리째 흔들어 버렸다.

세계 곳곳에 집단감염이 발생하고, 세상은 갑자기 멈춰서며 국경은 하나둘 문을 닫기 시작하더니 하늘길과 뱃길마저도 끊겼다. 경제질서는 하루아침에 무너지고 사회는 온통 불안에 휩싸였으며, 학교는 개학을 미루고 공장은 가동을 멈추었다. 직장인들은 재택근무에 들어갔는가 하면 극장을 포함해 공연장들이 문을 닫고 술꾼들은 단속반들과 숨바꼭질을 하며 송사리 떼처럼 이리로 저리로 몰려다니고 있다.

약국마다 마스크를 사려는 사람들로 수십미터 길이의 긴줄이 겹겹이 늘어섰는가 하면 마스크를 쓴 인류라는 뜻의 '호모 마스쿠스'라는 신조어도 만들어졌다.

어디 그뿐만이겠는가. 5G 시대에 이해 불가능한 교리의 종교집단에 의한 것으로 여겨지는 최초 발원지 대구는 공포의 도시가 되었는가 하면 인생에 한 번뿐인 결혼식이 줄줄이 뒤로 미뤄지고 장례식은 조문객도 없이 친족들만으로 치러지기 시작했다.

어느 날, 마치 스텔스 폭격기처럼 지구촌을 그리고 한반도를 공포의 도가니로 몰아넣은 코로나 19, 그렇지 않아도 누구를 막론하고 파란만장했다고 생각되는 사람들의 인생에 기어이 끼어들면서 지구의 주인이라도 된 양 인류를 위협하고 미디어의 분량을 잠식하며 파란을 일으키고 있는 것이다.

2. 이율배반의 시간

처음에는 그런대로 건강한 긴장 관계였다. 유행이 본격화되기는 했으나 사태의 심각성과 코로나의 역학적, 병리학적 정보가 부족했던 2월 중순경에는 다만 사태가 어떻게 전개될지 추이만 살피며 소파와 등을 접착제로 붙이기라도 한 듯 드러누워 리모컨으로 채널을 돌리며 이참에 좀 쉬자고 마음먹으며 지냈다.

그러나 코로나19는 인류와 웬수라도 진 양 그 기세를 날로 확장시키고 멀쩡한 인간들은 석고대죄할 일이라도 저지른 것처럼 하나둘 머리카락이라도 보일세라 집안에서 은폐엄폐를 하고 숨을 죽인 채 보내기 시작했다.

아이들은 급히 마스크와 손 소독제를 구해 택배로 보내며 사태의 심각성과 위기감을 불어넣고 대 코로나와의 전쟁에서 만큼은 어느 누구보다 용감무쌍한 아내가 코로나의 천적이라도 되는 양 어미새가 모이를 물어오듯 부지런히 밖에서 조달해 주는 신선식품으로 시간에 정함 없이 끼니를 이어갔다.

귀찮도록 울려대던 전화벨과 카톡도 차츰 잦아들기 시작했다. 여기저기 연 걸리듯 했던 약속들이 하나둘 뒤로 미뤄지고 찾아주는 사람도 사람이 그리워도 찾아갈 수도 없는 지경에 이른다. 행여 바이러스가 공기나 바람을 타고 옮겨오지나 않을까 창문 열기도 두렵고, 아파트 현관 출입은 물론 엘리베이터의 보턴 조차도 누르기가 주저하게 된다. 정부가 발표하는 방역수칙에 따라 외부에서 들어온 배달신문이나 택배 상자를 만질 때마다 손 소독을 하고 그것도 모자라 권장한 대로 비누로 듬뿍 거품을 내어 30초씩이나 손을 씻다가 보니 손등은 트고 갈라지기 시작했다.

보름여가 지나자 슬슬 우울증이 찾아오는가 싶더니 대구에서는 코로나19로 인한 사망자가 나오기 시작했으며, 시간이 조금 더 지나자 기어이 공황장애 비슷한 멘붕현상이 찾아오고 그러는 사이 마땅히 화풀이 할 곳이 없으니 당연히 특정 종교인들에게 최신 버전의 험한 욕을 해대기 시작했다. 피난살이 같은 난리 중에 봄꽃들이 피고 꽃샘추위가 몇 차례나 더 왔다가 갔다.

이율배반이지만 이제는 먹거리 조달로 바깥출입이 상대적으로 잦은 아내조차도 경계대상이 되어 누가 권장하지도 않는 가정적 거리두기를 시작한다. 불현듯 김국환이라는 가수가 부른 '타타타' 라는 노랫말이 생각난다.

"네가 나를 모르는데 난들 너를 알겠느냐"

3. 인류가 과연 지구의 주인일까?

이제껏 지구의 주인은 사람인 줄 알았다. 그러나 코로나19 사태를 보면서 이 생각을 접기로 했다. 인간이 만물의 영장일 수는 있어도 주인은 아니라는 것이다. 미생물에 불과한 바이러스 코로나19는 지구의 환경은 물론 인류가 지금까지 누려

왔던 일상의 행동 양식과 그동안 문제시 되어왔던 지구촌의 웬만한 문제들까지도 압도하고 있기 때문이다.

지금까지 어떤 제도와 힘으로도 할 수 없었던 국경을 봉쇄시키거나 인적교류와 물류를 단절시켰는가 하면 지구촌의 고질적인 문제, 전쟁을 쉬게 하거나 환경오염이 개선되고 있는 것을 볼 때 그 위력을 짐작할 수 있다.

그렇다고 바이러스가 지구의 주인이라는 뜻은 아니다. 그러나 적어도 지금 이 시점에서 바이러스는 45억 년 지구의 역사를 통해 주인행세를 해온 인류를 위협하며 그들이 일궈놓은 문명과 질서를 해체 시키고 있음은 틀림없는 사실이다. 그러니 당연히 지구의 주인이 사람이라는 사실을 의심할 수밖에 없는 것이다.

발생 4개월여, 전 세계에 감염자가 460만 명이 넘고 사망자만 32만 명에 이른다. 과연 호모사피엔스가 바이러스와 싸워 이겨날 수 있을 것인가를 걱정하게 하는 조짐들이 곳곳에서 벌어지고 있다. 한국은 세계가 경이적인 눈으로 바라볼 만큼 방어를 잘하고는 있지만, 인간의 희생이 너무도 크다. 일단은 이 전쟁에서 패배하고

있는 것이다. 우리는 그들과의 전쟁을 원하지 않지만 앞으로 얼마나 오랜 시간을 두고 얼마나 더 많은 희생을 치러야 이 전쟁이 끝나고 평화가 올지 모를 일이다.

어쩐지 몬도가네식으로 닥치는 대로 먹어치운다 했다. 대자연 앞에서 겸손치 못했던 인류, 그들은 지금 코로나19에게 그동안 누렸던 지구촌의 주인 자리를 다만 일부라도 내주고 살고 있다. 상대적 박탈감이 큰 이유다.

백신이 개발되고 치료제가 보급되어야 비로소 안심할 수 있겠지만 아무리 거리는 두고 마음은 가깝게 하라지만 먼 친척은 가까운 이웃만 못하다는 말이 오버랩되면서 극한의 외로움에 씁쓸함이 더해지는 하루 하루다.

4. 코로나의 역설

코로나19의 습격은 우리 삶의 구석 구석마다 다양한 역설적 영향을 미치는 중이다. 이혼율이 20% 가까이 줄었는가 하면, 온갖 수단을 다 동원해도 막아내지 못하던 서울 집값을 내림세로 돌아서게 했으며, 단속이 쉽지 않은 성매매 역시 급감하여 집창촌들은 하나 둘 자발적으로 문을 닫았다.

인간의 활동이 줄어들고 세계의 공장들이 가동을 멈추면서 잠시나마 미세먼지 없는 지구촌에서 살게 되는 기쁨을 누리기도 했는가 하면, 이탈리아 베네치아의 운하가 바닥이 보일 만큼 다시 맑아지고, 인도 중서부 나비뭄바이의 샛강에 무려 10만 마리가 넘는 홍학 떼가 찾아들었다는 기사가 사진과 함께 실렸다. 인간의 활동이 뜸한 틈을 타고 자연이 그 빈자리를 메우는 상황이 벌어진 것이다.

뿐만이 아니다. 전 세계가 위생에 대한 관심이 커지면서 미국에서는 한국산 비데와 의류 건조기, 진공청소기, 정수기가, 중국에서는 면역력을 키운다는 한국산 홍삼 제품과 라면이 날개 돋친 듯 팔렸는가 하면, 유럽에서는 한국산 진단키트는 물론이고 혈압계와 체온계의 수요가 폭발적으로 늘어 수출이 두 배 이상 증가했다.

코로나19가 확산되자 서둘러 자국으로 돌아갔던 외국인 노동자들이 좀 더 인내하지 못한 자책감에 땅을 치고 후회를 했다거나, 코로나19에 대한 성공적 대응으로 한국의 브랜드가치가 높아지면서 K-방역과 K-바이오 열풍에 '포스트 코로나 포스트 코리아' 시대가 열리고 있다고 외신들이 앞다퉈 기사를 다루고 있다.

코로나19 역설 중 결정판은 뭐니 뭐니 해도 우수한 진단키트로 카타르의 신뢰를 확보한 후 23조 6,000억 원에 이르는 카타르의 LNG선 100척 수주가 아닐까 싶다. 물론 여기에는 우리나라만이 보유한 고도의 건조 기술이 바탕이 되긴 했지만….

코로나19 사태는 분명 비극적이고 참혹한 일이다. 하지만 모든 일에는 역설이 있는 법, 그냥 당하고만 있지 않겠다는 의지의 한국인들은 지금 난국을 새로운 기회로 만들어가고 있다. 미래에 대한 불확실의 변곡점에 선 문명 앞에 당당히 도전을 하고 있는 것이다.

종種의 전쟁

일상이 멈춰서고 사람이 무섭다. 국민들은 하나같이 패닉 상태에 빠져있고, 마치 한편의 공포 좀비영화 같은 일들이 지금 한반도를 비롯해 지구촌 전역에서 벌어지는 중이다. 그리고 사태는 기어이 바이러스와의 전쟁은 물론 검은 장막 뒤에서 정체를 숨기고 좀비처럼 암약하는 특정 종교단체의 신도들을 더 두려워하는 데까지 이르렀다.

종교는 그리고 믿음을 가지는 일은 삶에 가치를 더하는 일이다. 그것이 참신앙일 때는 인생의 의지와 위로가 되고 문명과 역사의 물줄기를 바꿀 만큼 위대한 힘을 발휘하기도 한다. 그러나 그것이 종교를 빙자한 혹세무민일 때는 어떤 이에게는 인생과 가정의 파탄은 물론 이번 코로나 사태처럼 큰 국가적 사회적 물의를 야기하기도 한다.

한국 종교사에 한두 번 있었던 일이 아니지만, 특히 말세론, 종말론 같이 위기감을 불어넣거나 허무맹랑한 교리로 사람들의 정신을 미혹시키는 비밀스러운 이단이 이 초 과학시대에 기승을 부리는 사회현상을 어떻게 봐야 할지 매우 혼란스럽다.

편견일 수도 있겠으나 노스트라다무스의 종말론을 비롯해 역사 이래 동서양에 수많은 종말론과 영생론, 휴거론이 등장했으나 단 한 번도 그 같은 일은 일어나지 않았다. 불순한 목적을 가지고 경전을 왜곡, 자의적으로 해석하거나 심지어 멀쩡히 생물학적 인간으로 태어났음에도 하느님의 계시를 받은 적자라거나 재림예수를 자처하며 신격화하는 유사종교나 집단은 일단 의심부터 해 봐야 할 것이다.

그들은 인간의 나약한 마음의 틈을 교묘한 방법으로 공략을 하지만 구원이나 부활, 영생은 커녕 대부분 불행하게 종말을 고했다. 결국 헛된 욕망에 사로잡혀 맹신, 맹종하던 신도들만 닭 쫓던 개 지붕 쳐다보듯 소중한 생을 망치고 만다.

70년대 한 유사종교는 천국행 티켓을 고가에 팔아 거액을 챙긴 일도 있었지만, 이제는 필기시험에 선착순 구원이라는 극단적 방식이 동원되고 전도 역시 다단계판매 형태로까지 진화했다. 종교 본래의 목적인 구원이 아니라 자신의 삶과 가정과 건강한 목회 활동을 하는 기성교회와 사회질서를 파괴하는 그들의 앞뒤 안 가리는 이기적 행태에 분노가 치민다.

무소유의 삶을 살다가 간 법정 스님은 "종교라는 이름으로 혹세무민하는 자들은 반드시 죗값을 받을 것이다."라고 했다. 어쩌면 그들은 지금 그 대가를 치르고 있는지도 모른다.

인류는 지금 눈에 띄지도 않는 바이러스종種과의 싸움에도 힘겨운 판에 그보다 더 무서운 숙주宿主, 어디서 혹 하고 튀어나올지 모르는 오염된 교리에 감염된 변종變種과도 싸워야 하는 두 가지 전쟁을 동시에 치러야 한다.

많은 사람들의 축복 속에 치러야 할 결혼식이 유튜브 중계로 진행되고, 부모의 장례식은 그저 멀리서 지켜봐야만 한다. 그런 가운데 공직자들과 의료진들의 온 몸을 던진 악전고투가 눈물겹다. 질병관리처장의 검은 머리는 불과 몇 개월 사이 은빛으로 변했으며, 땀으로 범벅이 된 의료진들의 모습이 애처롭다 못해 처절하기까지 하다.

언제 어디까지 이 공황과 공포의 시간이 이어질지 모르겠지만 우리는 보다 건강한 미래의 삶을 위해 반드시 이 전쟁에서 이겨내야 할 과제를 하나 더 기꺼이 짊어져야 한다.

이 전대미문 종種과의 전쟁이 종료될 때까지 서로 배려하고 격려하며 살아갈 일이다.

해는 중천인데…

어느 날 불쑥 아무것도 아닌 '그 하찮은 것'이 나타나서는 자신의 법칙을 고집하고 있다. 지금까지의 삶, 모든 것에 새로운 의문을 던지게도 하고 오랫동안 길들여진 규칙들을 뒤집어 버리거나 다시 배치하게도 한다.

공포에 휩쓸린 인류, 흔들리는 사회, 몇 달이 지나면서 이미 그들의 질서에 굴복해 익숙해진 지난 持難의 삶. 하늘은 하루가 다르게 푸르러 가고, 들판은 꽃들로 지천인데 나는 참 한가하기만 하다. 코로나19가 가져온 무료한 일상이다.

동선을 최소화하다가 보니 밖에서 생활하는 시간보다 집안에 들어앉아 있는 시간이 더 많다. 소파에 등을 붙이고 리모컨을 누르다가 작심이라도 한 듯 서고로 이동해 뒤통수께의 칸으로 게으르게 팔을 뻗어 손에 잡히는 대로 시집 한권을 끄집어낸다.

> 시간은 코앞에 흔들리는 탐스러운 엉덩이
> 올라타고 싶은 순간과 걷어차고 싶은 순간으로 뒤뚱거린다.
> 돌멩이를 삼킨 거위처럼

- 유계영, 「해는 중천인데 씻지도 않고」 중에서-

모처럼 설거지를 한 후 벗기려 할수록 손등에 척 달라붙어 벗겨지지 않는 고무장갑처럼 걸음걸음마다 코앞에 알짱거리는 시간들…. 그 시간이 시인에게는 흔들리는 탐스러운 엉덩이라니 참 엉뚱스럽다. 하지만 기발하다. 시인의 글처럼 올라타고 싶기도 하고 걷어차고 싶기도 한 것이 요즈음 나의 시간이다. 그러나 고민 끝에 탐스러운 엉덩이를 걷어차기보다는 올라타는 편에 무게를 싣는다.

문제는 올라탄 후의 일이다. 그 누구를 만난들 뜨거운 포옹이나 황홀한 키스를 할 일도 아니고 조금은 익숙해진 주먹질로 악수를 대신하겠지만, 백일이 넘도록 갇혀 근질거림의 극치가 된 몸과 근육이 얇아진 마음, 그것을 보상받기 위해서라도 훌쩍 떠나봐야 하겠다. 내가 정상인으로 활동하든 안 하든 관계없이 시간은 야속하리만치 어김없이 흐르니까 말이다.

혼행

아무것도 하고 싶지 않고 아무것도 할 수 없어 밥만 먹고 배설만 하며 한 달여 멈춤을 했다. 그 사이 가을이 가고 세 번째 팬데믹이 찾아왔다. 세상은 다시 공포에 휩싸이고, 어쩔 수 없이 집콕 아니면 산으로 들로 혼행의 시간을 보내야 했으니 멈춤마저도 그리 쉽지 않은 나날이었다.

어느 젊은 도반이 쓴 책의 제목처럼 멈추고 보니 비로소 은둔으로 허허로워진 자신도 온전히 모습을 드러내고 주변에 살아가는 사람들의 모습도 한결 가까이 보이기 시작했다. 그리고 나는 지금 어디에 서 있는가를 자문하던 시간, 사람들은 마치 기다렸다는 듯이 가왕 나훈아는 아, 테스형을 절규하듯 따라불렀다.

멈추어졌던 계절, 단풍 물드는 가을의 문턱에서는 미루나무 늘어섰던 고향의 신작로가 먼저 떠올랐고, 늦가을 어귀에서 마시는 커피잔 속에는 짧은 글 하나를 쓰다가 문득 기억해낸 한 얼굴이 어른거렸다. 옛 친구를 찾아 길을 떠났지만 막바지 가을 거둠질에 바쁜 고향 친구는 행여 폐라도 될까 싶어 먼 발치에서 바라만 보다가 돌아와야 했고, 소뿔도 단김에 빼라고 바닷가 한적한 커피숍에서 30년 만에 만난 오랜 친구와는 그동안의 공백이 너무 길었던 탓일까 짧고 어색한 안부만 나눈 채 헤어져야 했다. 여며 쓴 마스크 사이로 반쯤 드러낸 얼굴에는 언뜻언뜻 세월의 흔적이 묻어나고, 그런들 먼 길을 돌고 돌아온 해후라고, 그동안 험한 세상을 어떻게 견뎌왔냐고 부둥켜안고 엉엉 울 일도 아니지 않은가. 더구나 이 엄중한 언택트 시대에….

캘린더는 겨울 한낮의 초승달처럼 달랑 한 장 남아 어설피 벽에 걸렸고 시나브로 연말로 다가서고 있다. 그즈음 일본의 홋카이도에 사는 일본인 친구로부터 메일 한 통이 도착했다. 마침 김포에서 홋카이도로 오는 특별기편이 있으니 홋카이도에서 새해를 맞이하지 않겠느냐는 뜻을 비췄지만 예의를 갖춰 거절하고, 이 암울한 회색의 계절에서 벗어나기 위해 다시 혼행을 채비한다.

인간은 누구나 연약하고 못난 자신을 보호하고 서로 도우며 그것에 감사하며 살아갈 뿐, 어차피 인생은 혼자 왔다가 혼자 떠나는 것이 아니던가. 그러니 아무렇지도 않은 표정으로 훌쩍 혼자만의 발걸음을 할 수 있는 것이다. 하지만 내심은 참 청승스럽다.

양국 정치세력의 극 감정적 대립에도 불구하고 그리고 하는 짓을 보면 욕이라도 한 사발 퍼부어주고 싶지만 참아내야 하고 민간과 학계의 교류는 미래를 위해 꾸준히 이어져야 한다. 3년 전 방문했던 겨울의 홋카이도에는 허리만큼의 눈이 쌓였지만 사람들은 꾸역꾸역 그 섬으로 몰려들었다. 축제를 준비하는 중이었으나 그곳의 겨울은 눈물이 쏙 빠지게 아름다웠다는 것이 내심이다.

아련한 첫사랑을 떠올리게 하는 러브레터의 마지막 씬이 촬영되었던 설원에 서서 주먹만 한 눈송이를 맞았던 기억이 새롭게 다가선다. 언젠가는 잃어버린 시간을 찾아서 다시 그곳을 찾을 것이다.

백신은 아직 저 멀리 있고 갈 길 역시 멀다. 지금은 다만 잠시 잠시 함께 생을 걸어왔던 그대들이 생각난다. 혼행의 목적지에 이르면 두 손을 모아 입에 대고 소리라도 쳐 봐야겠다.

"잘 지내고 있나요~~~"

약속

    문득 '약속'이라는 단어가 떠오른다. 잊고 살았던 것이다. 누군가와 시간과 장소를 다짐한 다음 기다림 끝에 만나는 것, 통속적인 의미의 약속이다.

    우리는 참으로 많은 약속을 하면서 살아왔다. 젊은 시절 이제부터는 마음을 다잡고 신실하게 살아보겠다는 자신과의 약속부터 결혼할 때 손에 물 한 방울 안 묻게 해주겠다는 감언이설을 앞세운 아내와의 약속, 술을 줄이거나 담배를 끊겠다는 가족들과의 약속, 친구나 연인과의 약속 등 어쩌면 삶은 약속의 점철이라고도 말할 수 있다.

    앞으로도 살아있는 한 많은 약속을 하며 살아갈 것이다. 약속이 없다는 것은 인생에 있어 무엇보다도 큰 결핍이며 때문에 약속이 줄어든다는 것은 삶의 의미가 상실되어 간다는 것이나 다름없다.

코로나로 잃어버린 가장 큰 것 중 하나가 약속이다. 사회적 동물인 사람이 약속을 하지 못하는 것만큼 큰 불행이 어디 있으랴. 친구와 친지는 물론 심지어 자식들과 아내까지 약속이 아니라 경계를 하며 살아야 하는 이 황당하고 어이없는 시대를 누가 상상이나 했겠는가.

요즈음은 간간이 접종을 마친 검증된 친구를 만나거나 가끔씩 있는 포럼 등 공적인 회합 외에 약속이 줄어들다가 못해 바닥을 치고 있다. 이 시국에 누구를 만난다는 것은 그만한 사회적 책임과 부담이 있기 때문에 서로 조심스럽다.

더구나 근간에 어렵사리 중대한 결심이라도 하듯 한 사소한 약속마저도 코로나의 확산 여부에 따라 지킬 수 없거니 미뤄질 때는 안타깝다 못해 절망스럽기까지 하다.

약속이 없는 세상은 나무 한 그루 없는 겨울 언덕과 같이 황량하기 짝이 없고, 약속이 없는 삶은 마른 꽃잎처럼 금시라도 부스러질 듯하다. 더구나 작심하고 잘 지켜온 약속이 있었던 반면에 굳게 하고도 지키지 못한 약속도 많았다.

오늘도 약속이 없는 하루가 간다. 하지만 이제 두 번째 접종을 받고 곧 위드코로나의 세상이 오면 그동안 묵혀두었던 약속을 하나하나 꺼내어 만나러 나설 것이다.

오랜만에 누군가를 만난다는 기대에 벌써부터 조금씩 마음이 달뜨고 얼굴에 화색이 돈다.

그동안 우리가 무시로 해 왔던 '약속'은 그럴 수 없이 소중한 언어이며 '아름다운 구속'이 아니던가 싶다.

꽁지머리

30여 년 단골 이용소에서 이발을 하다가 미용실에서 커트를 하기 시작한 것은 거리도 거리려니와 지루해진 일상에 뭔가 새로운 변화를 줘봐야겠다는 생각에서였다.

젊었을 때야 그러려니 하지만 환갑 나이에 새삼스럽게 헤어샵을 드나든다는 것이 쑥스럽기도 하고 주책스럽다는 생각도 들었지만 타고난 변죽이 언젠들 참아낼까. 6년 전 어느 날 과감하게 결행을 했다.

이 같은 결정을 한 데는 그럴만한 합리적 사유까지 있었으니 이용소는 이발비도 비쌀뿐더러 면도는 물론 드라이까지 하다가 보니 시간을 많이 낭비한다는 점이다. 반면 헤어샵은 이발소에 비해 가격도 절반 이하 수준이고 조발만 하다가 보니 시간도 많이 절약할 수 있는 장점이 있다.

더구나 헤어샵에서는 본인만 원하면 요즈음 유행하는 투블럭 two block 등 다양한 헤어스타일로 바꿔주니 트랜디해지는 기분을 느낄 수도 있다. 다만 아쉬운 것은 면도 서비스를 받지 못하는 것인데 그 정도는 감염병 예방 차원에서나 가성비로 감내해야 할 부분이다.

코로나19는 불특정 다수가 드나드는 미용실에 가는 일조차도 두렵게 했다. 웬만큼 사태가 안정되면 자르리라며 차일피일 참고 지내던 참에 2차 대유행이 시작되었고 그러는 사이 헤어샵에 발길을 끊다가 보니 어느새 머리칼은 고등학교 졸업 무렵의 장발족처럼 되고 말았다. 그래서 퍼뜩 생각나는 것이 이참에 아예 머리를 길러 꽁지머리를 해 보자는 것이었다.

이 나이에 누구 눈치 볼 것도 없고 요즈음에는 그나마 가끔씩 있던 강의 요청도 없으며, 어쩌다가 세미나 등 공식 석상에 얼굴을 내밀어야 할 때가 있지만 웬만큼 길게 되면 단정하게 묶으면 될 일이었다. 가문에 없던 새로운 캐릭터 하나가 탄생하기 직전이다. 지가 뭐 대단한 아티스트도 아니고 강단에서 교양과목을 가르칠 때면 '옷 잘 입는 남자가 성공한다'며 정제된 외모지상주의를 목청 높이 더니 자신은 정작 지금에 와서 꽁지머리를 한다? 헛 참!

그런데 머리칼이 웬만큼 자란 최근 문제가 생겼다. 길기는 했으나 묶기에도 애매한 어중간한 머리카락이 끝이 끊임없이 귓등과 목덜미를 간질이는 것이었다. 잠을 잘 때도 마찬가지여서 눌린 머리칼은 영락없이 뒷덜미를 괴롭히고 게다가 약간 곱슬인 머리칼은 하루라도 감고 손질을 하지 않으면 제멋대로 헝클어져 보기가 여간 흉하지 않다. 머리를 감은 후 말리는 일도 번거롭기는 마찬가지여서 지극한 인내심은 물론 여간 부지런하지 않고는 꽁지머리를 하기 어렵다는 결론에 이른 것이다.

유신維新시절, 학교를 졸업하자마자 장발족의 대열에 합류를 했었다. 장발은 젊은이들만이 누릴 수 있는 특권이요 시대상황에 대한 저항의 상징이었으니 곳곳에 배치된 경찰들과 숨바꼭질을 했음은 물론이었다. 쫓는 자는 국가관이 투철했거나 목구멍이 포도청이니 충성을 다하느라 집요했으며, 쫓기는 자는 마땅히 누려야 할 자유를 억압당하면서도 비겁해야 했다. 장발, 그까짓 게 무슨 대수라고 골목길에서 쫓고 쫓기며 청춘을 보냈는지 지금 와 생각하면 참으로 어처구니없고 웃픈 해프닝이었다.

속절없이 세월은 흐르고 이제는 기르든 말든 그 누구도 간섭하지도 관심도 주지 않는 반백이 다 된 머리칼을 가지고 꽁지머리를 할 것인가 말 것인가로 고민에 빠진 자신이 우습다. 그 시절, 이빨 빠진 바리캉에 반은 깎이고 반은 뜯겨 눈물을 질금거려야 했던 유년의 시골마을 이발소 거울 위에는 찍어낸 듯 유화로 그린 유럽풍 그림위에 러시아의 대문호 푸쉬킨의 시가 쓰인 액자가 걸려있었다.

삶이 그대를 속일지라도 슬퍼하거나 노하지 말라

슬픈 날 참고 견디면 기쁨의 날 오리니

마음은 미래에 사는 것

현재는 한없이 슬픈 것

모든 것은 지나가고

지나가 버린 것은 그리움 되리니

그리고 지나가는 것은 훗날 소중한 추억이 되리니

삶이 그대를 속일지라도 슬퍼하거나 노하지 말라

설움의 날을 참고 견디면

반드시 기쁨의 날 다시 오리니

푸쉬킨, 「삶이 그대를 속일지라도」

코로나19로 외롭고 절망하고 슬퍼지는 요즈음에 새삼 마음에 위안을 주는 시다. 그리고 시귀처럼 '반드시 기쁨의 날 오리니' 꽁지머리는 포기하는 쪽으로 가닥을 잡았다.

내가 살아가는 이유

"그래, 그동안 어떻게 지냈는가?"

"돈을 못 벌고 있으니 하루 두 끼만 먹고 사네."

"그런가? 그럼 갈 때 엊그제 찧은 햅쌀 한 포대 줄 것이니 가지고 가게."

"도착하자마자 집으로 보낼 생각부터 하는군. 나 여기서 몇일 묵을 라네."

"그런데 웬 닭갈비인가?"

"요즈음 같은 세상에 배달도 안 되는 시골 사는 놈을 위해 손수 닭갈비 배달 왔네."

팬데믹으로 1년 반만에 만난 도회친구와 귀농하여 농사일을 하는 친구가 마치 남도 판소리하듯 주거니 받거니 나눈 대화다. 이 풍진 세상에 돈을 벌지 않는다고 하루 두 끼만 먹고 사는 사람이 있을까. 여름 내내 비지땀 흘리며 지은 쌀 한 포대 값이라야 재난지원금 카드로 쉽게 사 온 닭갈비 한 세트 값과 거기서 거기인 걸⋯. 정담을 나누다가 집으로 돌아올 무렵, 햅쌀 한 포대와 호박 몇 개 넝큼 트렁크에 실어주며 하는 친구의 말이 걸작이다.

"이제부터는 삼시 세끼 꼭 챙겨 먹고 쌀 떨어지면 또 오게나. 다음에 올 때는 두끼만 먹고 사는 주제니 닭갈비 말고 계란이나 한판 사 오게."

"이 사람아 계란값이 천정부지인데 비싼 그걸 어떻게 사 오나, 다음에도 닭갈비야!"

"아 참, 어찌 밥만 먹고 사는가. 반찬도 해 먹어야지. 호박도 몇 개 가지고 가게."

"호박? 좋지, 그런데 호박요리에는 대파가 들어가야 제맛인데⋯."

"어이쿠 당했다. 그렇지 않아 대파도 준비해 뒀는데 깜빡했네."

다소 튀는 넥타이에 세련된 수트 차림에서 이제는 밀짚모자가 제법 어울리는 조금씩 자연을 닮아가는 친구, 유독 더웠던 여름, 익숙하지 않은 농사일에 얼마나 힘들었을까. 말이 쌀 한 포대 호박 몇 개지만 친구의 일 년 농사 결과물을 몽땅 가져온 느낌이다. 나는 친구의 농사를 위해 땀 한 방울 흘리지 않았으며 가끔 건강을 걱정해

주는 것이 전부였기 때문이다. 조선시대의 물물교환도 아니고 받다 못해 조르기까지 하고 보니 가진 것을 서로 조금씩 나누기는 하나 염치가 없어도 너무 없다.

돌아오는 길, 대파 몇 단에 온갖 푸성귀까지 넉넉히 실어준 친구에게 혼잣말을 해 줬다.

"그래, 배신과 음모, 협잡, 온갖 사기꾼들이 설치고 날아다니는 세상에 니 같은 놈이 살아있어 내 같은 놈이 여태 산다."

9장

미네르바의 부엉이

젊은이와 스스럼없이 소통하고 이해할 줄 알며, 열렬하게 토론
하되 아집을 버리고 수용할 줄도 알아야 한다. 냉철한 지혜로 응
대하되 뜨겁게 포용하며, 그저 묵묵히 지켜보다가 경솔하거든
상황에 맞게 넌지시 한마디씩 거들어 줄 일이다.

호기심

나는 때로 바보스러울 만큼 호기심을 발휘한다. 그 때문에 오해를 받거나 원성을 산적이 한두 번이 아니다.

스위스 여행 시에는 거리공연을 하는 목동들이 부는 알펜호른의 매력적인 울림에 빠져 불어보기를 반복하다가 홀로 일행과 헤어지는 바람에 남은 여행 내내 일탈의 요주의 인물(?)이 되기도 했고, 고교 시절에는 영화관 상영실의 내부가 궁금해 친구를 부추겨 몰래 들어갔다가 상영기사에게 들켜 세 시간이나 갇힌 채 벌을 섰던 기억도 있다. 호기심이 과했거나 나 자신도 모르는 자폐증세가 있거나 했을 것이다.

아리스토텔레스는 '호기심이야말로 인간을 인간이게 하는 특성'

이라고 했고, 아인슈타인은 '나는 천재가 아니다. 다만 호기심이 많을 뿐이다'라고 말했다.

여행길에 국제공항 로비에서 비행기를 기다리며 보면 동양인 중 대체적으로 의자에 앉아 책을 뒤적이면 일본인이라고 보면 된다. 무리를 지어 큰 소리로 떠드는 사람은 중국인들이라고 보면 거의 확실하다. 한때는 우리 한국인들도 예외는 아니었다. 지금은 선진국민의 체면 때문인지 공항에서의 매너가 많이 좋아졌지만 대신 여기저기 두리번거리고 다니는 사람은 거의 한국인이라고 보면 거의 적중이다. 도대체 가만히 앉아 있지를 못하는 것이다. 다소 정신 사납기는 해도 그 능동적인 호기심이 한국의 에너지고 동력이라는 생각이다.

그래서인가 프랑스 소설가 베르나르 베르베르는 '한국인은 호기심에 가득 차 있다. 어린아이 같은 열린 눈과 열린 마음으로 새로움을 추구한다'고 했다.

호기심이 많은 사람은 나이와 관계없이 늘 부지런히 생각하고 움직이는 능동적인 생활인의 습관을 갖고 있다. 게다가 호기심이 열정으로 이어질 때는 엄청난 에너지원이 되기도 한다. 청춘은 인생의 어느 한 시기가 아니다. 나이를 잊고 호기심으로 항해를 계속하는 그대가 청춘이다. 호기심으로 가득 찬 눈으로 어깨를 활짝 펴고, 뚜벅뚜벅 두 발로 세상을 내딛으며 살아가는 한 그대가 청춘인 것이다.

인간은 사고하는 동물이기에 호기심을 잃을 때 노인이 된다. 생물학적으로 나이 드는 것을 막을 수는 없지만 오늘도 호기심 가득한 눈으로 새로운 무언가를 찾아 인생 항해를 계속한다면 그대는 365일을 청춘으로 살아갈 수 있다.

그러니 때론 바보 같다는 소리를 듣더라도, 그로 인해 현저한 공공의 적이 되거나 인류 멸망을 돕는 일을 하지 않는 한 호기심을 발휘하라.

바람만이 아는 대답 *Blowin' in the wind*

2017년 가을, 116년 역사상 처음으로 노벨문학상이 한 대중가수에게 돌아가자 지구촌이 떠들썩했다. 음유시인이라고는 하지만 그는 어디까지나 대중가수다. 미국 포크록 가수 겸 시인 밥 딜런(75)의 얘기다.

포크송 가수에게 노벨문학상이라니…. 스웨덴 한림원은 위대한 미국 노래의 전통 안에서 새로운 시적 표현을 창조해 냈으며, 딜런의 노래를 '귀를 위한 시詩'라고 선정이유를 밝혔지만 잘못 선정해 놓고 꼭 꿰어맞춘 듯 궤변을 늘어놓는다는 생각이 드는 것은 나만이 아닐 것이다.

보편적 관점에서 지금까지 음악과 문학은 그 장르가 달라도 너무 달라 지난 한림원의 수상자 선정은 '신선한 파격'이거나 문화계의 '파괴적 혁명'이라고 해도 과언이 아닐 것이다. 한평생 대중음악을 한 가수에게 세계 최고 권위의 문학상을 주는 것이 옳은 것인지 아니면 문학상의 진화인지 혼란스러운 것이다.

밥 딜런의 음악은 반전反戰과 평화, 사회 비판적 메시지를 사유의 깊이로 표현한다. 그의 음악은 베트남전 반대 운동이 펼쳐졌던 1960~70년대 청년세대의 정신세계를 파고들기 시작해 인권과 저항 운동의 상징적 노래로 이어진다. 그의 대표곡 〈바람만이 아는 대답 Blowin in the wind〉은 한국의 학생운동에도 큰 영향을 미친 바 있다.

한국은 김대중 대통령이 2000년 12월 노벨평화상을 받은 이래 각 분야에 걸쳐 유력후보 차트에 오르내리지만, 변죽만 울리다가 만다. 노벨상을 받기 위해 연구와 로비에 많은 돈을 쏟아붓고 있지만 늘 한계에 부딪힌다.

문제는 국내총생산(GDP) 대비 R&D 투자가 세계 1위이면서 그 성과가 없다는 지적이다. 그만큼 과학 분야의 연구 효율성이 떨어지기 때문일 것이다. 가장 유력시되는 분야가 노벨문학상이지만 이마저도 번번이 비켜가곤 한다. 어떤 분야의 상이든 언제쯤이나 한국에 그 영광이 돌아올지 밥 딜런의 노래처럼 '바람만이 아는 대답'일까.

내로남불에 관한 소고

　정치권을 중심으로 '내로남불' 공방이 한창이다. 내가 하면 로맨스 남이 하면 불륜을 줄여 사자성어가 아닌 사자성어로 사전에 등극한 이 말은 자신의 행위를 합리화시키고 방어하기 위한 일종의 방어기제이며 어쩌면 인간의 본성인 동시에 한계인지도 모른다.

　즉, 같은 상황에 처할 때 자신과 타인을 다른 시각으로 바라보는 이중잣대를 표현한 것으로 남은 비난하지만 자신에게는 관대해지는 경향이 이에 해당된다. 비슷한 말로 나는 옳고 남은 틀리다는 아시타비我是他非가 있는데 이 사자성어 역시 이전부터 존재하지 않았지만 '내로남불'을 사자성어로 옮기려고 하다가 보니 생긴 신조어라고 볼 수 있다.

　핑계 없는 무덤 없듯이, 곤충이나 풀 한 포기의 삶에도 사연이 있고 그 내용이 다르듯 어떤 사건이나 상황이 발생 된 데는 그만한 스스로의 판단에 따른 합리적인 사유가 있다. 아니면 순간적으로 판단이 흐려졌거나….

결국 '내로남불'은 스스로에 의해 잘못을 저질렀을 때 이를 자기 편향적으로 합리화시켜 모면해 보고자 하는 심리상태에서 시작되는 것이 아니겠는가 하는 생각도 해 본다.

남들은 어떤 로맨스에 대해 깊이 알지 못한다. 핑계일지라도 굳이 설명을 듣지 않고서는 그 사랑을 수긍할 수도 없고 상대가 적일 때는 그것이 깃털처럼 가벼운 만남일지라도 불륜이라며 공격의 빌미가 되는 것이다.

보편적이며, 사회적 가치와 도덕적 잣대로 매겨진 로맨스를 스스로 불륜이라고 말할 사람이 얼마나 되겠는가. 사실관계에 따라 둘 중 하나를 선택해야 할 때는 더 그렇다. 그것이 다른 것도 아닌 로맨스이기에.

'내로남불'을 합리화시킬 생각은 추호도 없지만 '내로남불'은 어쩌면 인간이기에 살아가면서 누구나가 한두 번은 겪을 수 있는 매우 자연스러운 주장일 수도 있다.

비난받더라도 어디까지나 자신이 한 행위가 로맨스라는 것을 철회할 사람은 많지 않은 듯하다.

기차표 검정고무신

나라도 가정도 백성도 가난했던 시절, 우리가 신었던 신발은 검정 고무신이었다. 천으로 만들어진 운동화를 신는 아이들은 한 반에 한둘 있을까 말까 했고, 고무신이라도 신는 아이들은 그나마 부모를 잘 만난 아이들이었다. 고무신도 못 신는 아이들은 짚신을 신거나, 심지어 맨발로 험한 산길을 따라 등하교를 했으니 명품 신발한 켤레에 수십, 수백만 원인 지금에 비하면 '라떼'의 푸념일 뿐이다.

새로 산 고무신을 받아 든 아이들은 집에서 출발할 때는 거친 신작로에 행여 신발이 닳을까 손에 들거나 책과 함께 보자기에 싸서 등에 메고 등교를 하다가 교문에 들어설 때 비로소 신기도 했다.

당시는 무지막지하게 생긴 트럭이(트럭의 라디에이터 그릴 앞면에 붙여진 앰블럼이 GMC여서 영어를 모르던 우리는 어른들을 따라 그 차를 제무시라고 불렀다) 신작로를 오갔는데 등하굣길에 뒤꽁무니에 매달렸다가 책보다 더 소중히 여기던 검정고무신이 발에 땀이 차올라 흘러덩 벗겨질 때도 있었다.

제무시의 속도가 줄어들 때 뛰어내려 되돌아 찾으러 갔었지만 고무신은 이미 길섶 어디론가 사라지고 없고, 찾아 헤매다가 못 찾고 지각까지 하는 바람에 아침 바람에 선생님에게 종아리 얻어맞고, 하굣길, 맨발로 들어선 집에서는 어머니에게 빗자루로 엉덩이를 열불이 나도록 얻어맞았다.

아카시아꽃 시나브로 흩날리고 라일락 향기 그윽하던 교정의 오뉴월 땡볕 아래 한 시간이 넘도록 훈시를 하던 교장 선생님이 지겨워 고개를 떨구면 고무신 코끝에 툭 툭 떨어지던 땀방울들…. 이제는 그 교장 선생님의 이름도 어사무사하기만 하다.

쏟아질 듯 밤하늘을 수놓던 은하수 그 강물 아래서도, 다알리아 꽃잎 핏빛보다 붉던 날에도, 선택의 여지가 없이 우리가 신어야 했던 신발은 기차표 검정고무신이었다.

들판을 막 건너와 청밀밭 이삭에 넘실거리던 푸른 바람과 이랑 사이로 포르릉 포르릉 날아다니던 종달새, 송사리며 퉁가리며 꺽지며 쉬리를 잡던 맑은 시냇가, 느티나무 숲 위를 가없이 흐르던 흰 구름, 고무신을 접어 모래사장 위에서 기차놀이를 하던 천진하기만 했던 악동들은 다들 어디서 무엇을 하며 지내는지….

아~ 치열하고 고단했던 우리들 삶의 여정 시작점, 그때 신었던 신발이 기차표 검정고무신이었다. 이후, 산업화의 물결을 타고 우리는 각자 기차표 고무신 대신 실물 기차를 타고 경향 각지로 흩어져 살아야 했다. 그리고 가끔씩 고향 그리움에 눈시울을 붉히며 풀잎처럼 몸을 떨었다.

야생화野生花

2017년 11월 초, 오후 청와대 영빈관에서는 영혼을 울리는 노래 한 곡이 울려 퍼졌다.

도널드 트럼프 미국 대통령 방한기념 국빈만찬 행사에서 있었던 일로 국내 대중가수로는 유일하게 박효신이라는 아이돌 가수가 초청되어 〈야생화〉라는 노래를 가슴 절절히 부른 것이다. 물론, 만찬에 참석한 국내외 인사들에게 깊은 감동을 안겨주기에 충분했다.

통상 탑클래스의 클래식 가수들이 서던 무대에 대중가요 가수가 어떻게? 하지만 이 야생화의 노랫말을 들어보면 그가 어떻게 청와대 만찬장에서 노래를 부를 수 있었는지 이해가 된다.

"하얗게 피어난 얼음꽃 하나가…"

이렇게 시작되는 〈야생화〉는 숱한 고난과 고통을 이겨내고 끝내 야생화로 아름답게 피어나길 소망하는 마음이 오롯이 담겨있다.

하얗게 피어난 얼음 꽃 하나가
달가운 바람에 얼굴을 내밀어
아무 말 못했던 이름도 몰랐던
지나간 날들에 눈물이 흘러

차가운 바람에 숨어 있다
(중략)
먼 훗날 너를 데려다 줄
그 봄이 오면 그날에
나 피우리라.
-박효신, 〈야생화〉 중

이 노래를 듣고 있노라면 왠지 젊은 시절의 고뇌가 자꾸 살아나 눈물이 고여 온다. 돌아보면 철이 늦게 들기도 했고, 무엇엔가 홀린 듯 앞뒤 분별없이 날뛰었다. 짧은 지식으로 체를 하고 공연히 세상일에 저항하고 반항했다. 꽃을 피우기도 전에 태풍을 맞아 돌틈바귀에 아무렇게나 구겨지고 처박힌 들풀 같았다면 그마저도 미화한 것이다.

　고등학교를 졸업하고 방황하던 시절, M 찻집에서 아주 잠시 파트타임 DJ 보조를 한 적이 있었는데 다시 그 시절로 돌아간다면 이렇게 복고풍의 멘트를 날렸을 법 하다.

　"추운 겨울 들판에 피어난 야생화처럼 오랜 시련과 아픔을 이겨내고 다시 한 번 비상하겠다는 의지가 오롯이 담겨있는 곡입니다. 가을을 막 보내고 맞이한 초겨울, 내일의 비상을 꿈꾸는 분들에게 들려주고 싶습니다. 박효신의 〈야생화〉입니다."

　이 겨울 허리를 눕히고 모진 눈보라 속에서 추위를 견뎌야 하는 들녘의 야생화들….

　그의 절규와도 같은 노래처럼 어김없이 봄은 다시 올 것이기에 마음이 가난한 이들은 아마 이를 악물고 이 치운 겨울을 버틸 것이다.

101번째 프로포즈

오래 전 〈101번째 프로포즈〉라는 드라마가 방영된 적이 있었다. 필자가 30대 중반이었던 1990년대 초, 일본 후지 TV에서 방송된 이 드라마는 시작하자마자 인기가 급상승해 시청률을 36.7%까지 끌어 올렸다.

어딘지 신통치 않아 보이는 중년의 후진 남자가 미인 첼리스트인 99% 완벽녀에게 1%의 희망을 걸고 끈질긴 구애 끝에 사랑을 완성하는 20세기형 무공해 사랑 이야기.

드라마의 주제곡인 〈SAY YES〉 역시 대 히트를 하여 오리콘 위클리 싱글 차트에서 13주간 1위를 기록하기도 했고, 드라마에서 타츠로가 카오루에게 외치는 대사 "저는 죽지 않습니다!(僕は死にません)"는 한동안 일본에서 유행어가 되기도 했다.

너무 오래전의 이야기라 현실감이 떨어지기도 하지만 그나마 팍팍했던 그 시대에 감히 '순정'이라 말할 수 있는 사랑이 존재한다는 희망의 메시지를 전달하려 했던 듯싶다. 그러나 이 드라마는 한국에서 리메이크되었지만, 왠지 그리 큰 반향을 얻지 못한 채 아쉽게도 조기 종방을 해야 했다.

중요한 것은 단 1%의 가능성을 믿고 끈질긴 구애 끝에 포기하지 않고 쟁취한 사랑에 있다. 1%의 가능성, 그 가능성이 설령 단 0.1%가 되더라도 인생에 있어 포기하지 말아야 할 가치가 있는 것이 있다면 포기하기보다는 도전해 보는 것이 맞다는 생각이다.

당위성 여부를 떠나 인생은 포기의 역사가 아니라 도전의 역사다. 과연 끈질긴 집념의 101번째 프로포즈는 있을 것인가? 비단 그것이 사랑이 아니더라도….

발견하기 어려울 뿐 어딘가 누구에겐가는 있을 것이다.
있다면 당신의 101번째 프로포즈를 응원하고 싶다.

오면 반갑고…
가면 더 반갑다는…

　목화솜 같은 희디흰 구름이 떠 있는 하늘은 에메랄드처럼 푸르고 차창을 열라치면 산들거리며 부는 가을바람은 형언조차 하기 어려울 만큼 청량하며 보름 달빛은 지나침을 피하느라 옅은 구름 속에서 그 존재감을 보여주는 8월 한가위.

　어느 하나 나무랄 것 없을 만큼 이번 추석의 날씨는 청명하고 겸허했으며, 마주하는 얼굴 얼굴에는 그럴 수 없이 충만함과 행복감이 묻어난다.

　그토록 학수고대했던 손주 녀석은 할아버지 집에 오자마자 수일에 걸쳐 정결하게 청소를 해 놓은 거실과 방들을 순식간에 점령하고 온통 난장판을 만들며 설치더니 오는 길이 피곤했던지 이내 깊은 잠 속에 빠져든다.

집이라 봐야 온통 아파트 숲속 중간 라인의 새장 같은 공간이지만 그곳에도 창을 통해 한가위 달빛과 가을바람이 스미고, 아래층으로부터 전을 부치는 들기름 냄새에 왁자지껄 송편을 빚는 소란스러움이 오늘만큼은 정겹게만 여겨지는 명절, 평상시 같으면 몇 번이고 짜증을 부렸을 위층 아이의 콩콩거리며 뛰는 소리가 그 옛날 추석에 입을 아버지의 무명 바지저고리를 손질하시느라 두드리던 어머니의 다듬이 소리로 들리는 오늘, 그리고 이 시리도록 아름답고 마음 넉넉한 한가위.

2박 3일 동안 손주의 갑질에 졸지에 을이 되어 이리 끌려다니고 저리 끌려다니며 온갖 시늉을 다 해주다가 파김치가 되어 이제는 꾀병을 부려서라도 앓아누워야겠다고 할 즈음 명절은 끝나고, 아이들이 각자 삶의 터전으로 돌아가야 할 시간.

며느리가 눈치라도 챌까 못내 아쉬운 표정을 과감하게 연출하고, 몇 번이고 과장되게 손을 흔들면서 마음속으로는 쾌재를 불렀다.

'나 이제 다시 갑이다!'
아, 이래서 선배 할배들이 그랬구나!
'오면 반갑고 가면 더 반갑다고…'

그러면서도 다음에 온다는 날을 캘린더에 동그라미로 그려놓는 이 심사는 또 뭔가.

놈, 놈, 놈

"좋은 놈 노릇을 하기가 얼마나 힘들고 피곤한지 모른다. 그러니 좋은 놈이기를 포기하면 편안해진다."

일본 작가 소노 아야코의 책에서 내려받은 한 구절이다. 좋은 놈 평판을 유지하려다 보면 해야 할 일, 신경 써야 할 일이 너무도 많다는 것이다.

기실 생각해 보면 그렇기도 하다. 좋은 인상, 좋은 매너, 좋은 씀씀이, 좋은 생활 등 노력도 없이 그냥 좋은 놈이 되기가 어디 그리 쉽겠는가. 혹시라도 잘못해 오랫동안 잘 관리해온 자신의 이미지를 흐트릴까 노심초사해야 하고…. 반면 좋지 않은 놈은 애써 좋게 보이려고 애쓰지 않아도 되고, 모범 된 생활을 하지 않아도 된다. 어차피 평판이 그러하니 주위에서 뭐라고 하든 스트레스 받을 일도 없고, 눈치 볼 것도 없이 그저 좋지 않은 놈 한길로 가면 되니까 마음껏 편할 것이다. 그런데다가 잘못을 한다 해도 그놈은 원래 그런 놈으로 치부되니까 신경 쓸 일도 없는 것이다. 오로지 좋지 않은 놈이니까.

좋은 놈은 어쩌다가 한 번만이라도 실수나 나쁜 행동을 하면 사람들은 쉽게 실망한다.

"아니 그 친구가 어떻게 그런 짓을… 그런 사람인 줄 미처 몰랐네. 어쩌구 저쩌구…"

하지만 나쁜 놈은 어쩌다가 좋은 일을 한 번이라도 하면 그에 대한 평판이 달라질 것이다.

"그 친구 요즈음 많이 달라졌어! 다시 봐야 할 것 같아."

그러면 도대체 어쩌란 말인가? 그래도 좋은 놈으로 살라는 건가? 아니면 좋은 놈이기를 포기하고 마음 편히, 그리고 반전의 기회가 있는 나쁜 놈의 길을 가라는 건가? 하지만 이 책을 다 읽고 독후감은 이렇게 마무리하고 싶다.

"좋은 놈이 되려고 하지 말고, 나쁜 놈이 되려고도 하지 말고 부모님이 물려준 생긴 모습 그대로 위선과 겉치레와 가식에서 벗어나면 그런대로 괜찮은 놈으로 살아갈 수 있다."

편견과 오해

사람들은 자기중심적으로 생각하고 판단하고 행동한다.

당연하다. 인간의 본성은 자신이 자신을 가장 잘 안다고 생각하고 자기 자신은 유능하며 긍정적인 존재라고 믿기 때문이다. 또한 자신을 중심으로 삶을 형성해 왔고, 형성해 갈 것이기 때문이기도 하다. 인간을 이기적 동물이라고 하는 것에는 이러한 기저가 깔려 있다.

그러나 자기 자신에 대한 여러 가지 긍정적인 존재의식과 자기만의 세상 속에 갇혀 살아가는 것은 매우 다르다. 만약 자존감이 지나쳐 자신만의 세계에 갇혀 산다면 주변과의 수많은 문제 속에서 결코 빠져나올 수 없다. 나의 좁은 생각의 틀 속에 갇힌 판단과 결정이 모든 기준으로 자리매김하기 때문이다.

나름대로 어떤 사안에 대해 바람직하다는 판단을 하고 막상 현실에 부딪혀보면 내 생각이나 판단과 다르게 전개되는 것을 느낄 때가 있다. 편견偏見이 낳은 결과다. 이 편견은 매우 무서운 괴물 같은 존재다.

왜냐하면 이 편견은 반드시 오해誤解를 낳기 때문이다. 오해는 인간관계를 깨뜨리는 치명적인 편견의 2세로 그 역시 괴물과 같은 존재다. 모든 사물을 그저 단순하게 드러난 것만 가지고 판단하거나 어느 한쪽의 말만 믿어버리면 오해의 확률이 매우 높아지기에 편견과 오해는 비극이거나 희극으로 끝날 때가 많다.

인간관계에서 중요한 것은 상대방이 왜 그런 말이나 행동을 하는지 그 원인이 무엇인지를 파악하는 것이 중요하다. 그러기 위해서는 그의 입장을 이해해야 할 필요가 있으며 그럴 때마다 역지사지易地思之의 마음으로 돌아갈 필요가 있다.

가장 바람직한 선택은 오해가 생길듯하면 상대방의 의중意中을 이해하려고 노력하는 것이다. 이것은 상대의 눈치를 보는 것과는 다른 차원이다. 주관은 지키되 먼저 내 생각이 혹시라도 잘못되었는지를 숙고하고 상대를 배려하는 이타적 자세가 필요하다는 생각이다.

따라서 아무리 자기중심적인 사회라 할지라도 자신이 한 말과 판단, 행동이 모두 옳다고 여기지 말아야 할 일이다. 모든 판단의 결과는 객관적이고 타당하며 설득력이 있어야 한다.

개개인은 큰 우주 속의 작은 우주다. 그 우주의 질서 속에 자전도 하지만 공전도 한다는 사실을 깨달아야 할 것이다.

종鍾소리

초등시절, 학교 현관 처마 끝에는 전란을 겪은 나라의 상징처럼 대포 껍질로 만들어진 투박하기 짝이 없는 쇠종이 매달려있었다. 선생님이 작은 망치로 종을 칠 때마다 작은 인생들은 송사리 떼처럼 이리로 저리로 몰려다니곤 했다.

코흘리개들의 함성과 몽당연필 하나 가지고도 다툼을 하던 추억까지도 고스란히 담겨있는 그 추억의 종소리. 그러나 지금 그 풍경 그 소리는 아스라한 세월의 강을 건너 어디에서도 볼 수도 들을 수도 없는 그리움의 풍경 그리움의 소리가 되고 말았다.

고향의 시골 들판 한가운데에는 허름했지만, 단층의 아담한 개척교회가 있었다. 시계나 라디오도 흔치 않았던 시절, 서쪽으로부터 저녁노을이 물들어 오기 시작하면서 나지막한 종탑에서는 어김없이 종소리가 울려 퍼지곤 했다.

밭을 가는 황소의 게으른 울음소리와 소나무 숲을 스치는 바람 소리, 이따금씩 마을 찾아드는 엿장수 가위소리가 전부였던 그 조용하던 시골 마을에 종소리가 구릉을 거쳐 산 그림자를 타고 이 마을 저 골짜기마다 번져나가면 주변의 풍경들조차도 다른 모습으로 다가오곤 했다. 교회라고는 크리스마스 때나 과자를 받기 위해 얼굴을 내미는 정도였지만 그 소리는 무엇으로도 표현할 수 없는 안식과 마음의 평화를 느끼게 하는 데 부족함이 없었다.

저녁 종소리가 울려 퍼지면서 소를 돌보던 산정에서 입술이 얼얼하도록 불어 제키던 하모니카를 비로소 내려놓고 들판을 내려다보면 농부들은 일제히 하던 일을 멈추고 굽혔던 허리를 펴곤 했는데, 그 모습은 나중에 중학교에 입학하여 미술 교과서에서 본 밀레의 만종에 클로즈업 되면서 영원한 내 마음의 풍경이 되었다.

그러나 곳곳에 교회가 하나둘씩 늘어나고 교회마다 경쟁적으로 치던 종소리가 기어이 소음공해의 주범으로 낙인찍혀 퇴출당하면서 교회 종소리 역시 이제는 어쩌다가 드라마에서나 들을 수 있는 그리움의 소리가 되고 말았다.

이 혼돈의 세상에 잠시나마 마음을 정화시키고 하루의 고단함을 안식으로 인도할 그 추억의 종소리, 성당과 교회들이 윤번을 정해 소음공해가 되지 않을 만큼만 다시 부활을 했으면 좋겠다.

슬프고 야만스러운 방식

"정말 슬프고 야만스러운 방식이다."

『조화로운 삶』의 저자인 미국의 경제학자 스콧 니어링은 현대 문명에 대해 이렇게 한탄을 한다. 통제 불능일 정도로 빛처럼 빠르고 광범위하게 변화하는 세상을 빗댄 말이다.

AI. 5G. 빅데이터. 로봇. 드럼. 자율주행 자동차. 블록체인. 비트코인 등 4차 산업혁명을 주도할 새로운 기술과 경제의 가치를 가늠할 수단들이 질주하듯 다가서고 있다.

인간의 편리에만 중점을 둔 도구와 가치들이 속속 생활에 접목되면서 이대로 가다가는 미래의 지구생태계는 어떻게 변하고 인간의 역할이 과연 무엇일까 하는 의구심이 드는 일들이 벌어지고 있다.

변화하는 것들을 중지시키거나 거부할 수도 없다. 그렇다고 관조만 하고 있으려니 시대에 뒤떨어진 사람으로 낙인찍혀 사회로부터 소외받지는 않을까 하는 불안감으로 살게 된 세대, 스콧 니어링이 아니더라도 세상을 향해 슬프고 야만스럽다고 분노하게 되는 것이다.

끊임없이 새로운 변화를 요구하는 새로운 문명과 어떻게 타협하고 중심을 잡으며 살아갈 것인지를 고민하느니 차라리 그 대열에서 벗어나 그저 자연을 벗 삼아 희희낙락 살아가는 편이 낫겠다는 생각이 들 때도 많다.

최첨단의 기술은 분명 인류의 삶에 긍정적인 영향도 줄 것이다. 그러나 과도한 기술 경쟁은 그것이 평화적으로 이용되기를 바라는 개발자의 의도와 달리 전쟁 발발 등 위기와 위험성을 내포하고 있음도 간과해서도 안 될 것이다.

자연의 한 종으로 자연과 공존하며 살아오던 호모사피엔스는 지금 과학 문명이라는 이름으로 스스로 본연의 모습들을 파괴하거나 상실해 가고 있는 중이다.

인간성이 상실되어 가기에 슬프고, 항시 경쟁과 전쟁, 환경의 위협과 불안으로부터 벗어나지 못하는 이 야만스러운 인류 삶의 방식, 그러기에 브레이크를 걸 무언가가 필요하긴 한데 그 역시 가장 효율적인 해결책은 아이러니하게도 전쟁이라는 것이 딜레마다.

인류는 탐욕과 오만으로부터 벗어나 평화를 구가하는 가운데 서두름 없이 새로운 문명과 동행하는 지혜를 찾아봐야 할 것 같다.

낭만에 대하여

출근을 하다가 말고 무작정 핸들을 돌려 바다를 향해 달려 본적이 있습니까?

비 오는 화요일, 한 송이 장미꽃을 사 본 적이 있습니까?

목적지도 정하지 않은 채 배낭 하나 걸머메고 훌쩍 열차에 올라 본 적이 있습니까?

이런 것들을 딱히 낭만이라고 단언하기는 어렵지만 아무튼 낭만이라는 말의 뜻에는 일탈을 통해 또 다른 자신의 모습을 발견하는 것도 포함되어 있을 것이다.

'영일만 친구'를 부른 가객 최백호의 몇 안 되는 힛트곡 중 '낭만에 대하여'의 노랫말의 배경은 '옛날식 다방'이다. 그의 노래 속에 등장하는 7, 80년대의 다방에는 계란 노른자위를 동동 띄운 모닝커피가 있었고, 새빨간 립스틱에 그야말로 멋을 부린 마담에게 보내는 질펀한 농담도 있었다.

단골 노친네들은 연신 눈웃음을 남발하는 마담에게 요즈음 그랬다가는 성추행범으로 잡혀 징역살이를 해야 할 정도의 수작업手作業(?)을 하곤 했는데 잡혀줄 듯 말듯 그런 수작을 잘 요리하는 것이 또한 마담의 역할이었다.

다방에는 마담을 보조하는 '레지(register의 일본식 준말)'라고 불리던 앳된 아가씨들은 커피가 담긴 보온병을 쟁반에 얹어 보자기에 싸서 들고 꿀벌처럼 부지런히 출장을 다니곤 했다. 그런데 출장시간이 오래 경과할 경우는 당시 한잔에 100원 안팎을 하던 커피값에 오백원이나 천원짜리 팁을 한 장 얹어 주어야 했으니 다방문화의 내면에는 일상적 경제질서를 뛰어넘는 무언가가 있었던 모양이다.

궂은비 내리는 날, 슬픈 섹소폰 소리나 도라지 위스키는 없을지라도 저 멀리 등대가 바라다보이고 뱃고동 소리가 들려오는 어촌의 한적한 다방으로 걸음 한번 해봐야겠다. 어쩌면, 진부하기 짝이 없는 드라마의 한 장면처럼 한때 눈 맞춤을 했던 여인이 우연하게도 정말 우연하게도 그 다방 한구석에서 창밖을 바라보며 다소곳이 앉아 있을지도 모를 일이다. "먹고살기도 바쁜데 낭만은 무슨 얼어 죽을 낭만이냐"고 투덜거리며 살아왔던 참 불행한 세대, 그러면서도 어쩌다가 은근슬쩍 일탈을 즐겼던 그 잃어버린 것에 대하여, 낭만에 대하여…

아 ~~ 다시 못 올 것에 대하여…

인연因緣 1

　　학기 말만 되면 늘 마음이 헛헛해진다. 또 한 명의 학생을 고국으로 돌려보내야 하기 때문이다.

　　에티오피아 학생 제게예 티르페. 어느 춥던 겨울날, 싸구려 바람막이 하나 달랑 입고 벌벌 떨면서 강의실로 들어선 그에게 입고 있던 외투를 벗어주면서 시작된 인연은 6년이라는 시간을 함께하게 되었다. 그에게는 한국에서의 첫 겨울이었다. 아니, 인생을 통해 첫 겨울이었을 것이다.

　　정들자 이별이라더니 웬만한 한국어는 말하고 들을 수준이 되고 이심전심, 눈으로도 대화가 가능할 만큼 소통이 자유로워지니 그는 학위를 받고 가족들이 기다리고 있는 고국으로 돌아가는 것이다.

　　에티오피아에서는 선택받은 인재, 그러나 한국에서는 다만 에티오피아에서 왔다는 이유 하나만으로 같은 제3국 학생들에게서조차 알게 모르게 차별받는 대학원생이었다.

그는 늘 가난한 고국의 현실을 안타까워하고 탄압받는 에티오피아 국민들을 걱정을 하곤 했다. 선진민주주의를 경험할 소중한 기회이니 학위를 받고 귀국하면 언젠가는 에티오피아의 민주화를 위해 대통령에 출마를 하라고 농반진반 권유를 했지만 늘 빙그레 웃는 얼굴로 고개를 가로젓곤 했다. 고국의 정치현실이 녹녹하지 않음을 현지 소식을 통해서 알고 한 판단일 것이다.

지금도 말 한마디 잘못하면 죽임을 당한다고 손을 목에 대고 가로지르며 그저 대학교수로 평범한 삶을 살겠다는 그에게 나의 권유는 그저 그런 덤덤한 덕담이 되고 말았다.

그는 떠나기 전, 인연을 이어가자며 에티오피아로 나를 초청했다. 다행히 에티오피아와 수도 아디스아바바까지 직항이 생겨 전보다 여행이 훨씬 수월해지긴 했지만 치안이 불안하고 환경이 열악한 곳에 가야 할 큰 기대는 없다.

더구나 내가 간들 작게나마 6년간 보살펴 준 보답이라도 하려고 할 것이고, 이제 막 대학 초임 강사로 시작할 그의 얄팍한 주머니 사정을 생각하면 더 그런 생각이 든다.

에티오피아의 결혼풍습에 따라 일찍 결혼하여 두 딸의 아빠였던 그를 막내동생처럼 여기고 돌보아 주긴 했으나 무슨 대가라도 받을 생각으로 한 일이 아니었으니 소소한 것들이지만 가진 것을 나눌 수 있었던 것만으로도 행복한 시간들이었다.

한국전쟁을 통해 선조의 피와 땀과 눈물이 네가 공부한 이곳 춘천에 스며있고, 고국에 가면 한국의 민간외교관 역할을 하라고 당부했으니 아마노 그는 나의 말을 항시 염두에 둘 것으로 믿고 그것만으로도 족하다.

캠퍼스에서 연구실에서 한국의 구석구석을 다니며 그와 함께했던 소중한 추억을 뒤로하고 이제 그와 붙잡고 있던 인연의 끈을 놓아 주어야 한다.

만날 때는 기쁨으로 시작했지만 헤어질 때는 이렇게 마음을 허허룹게 하는 것이 인연이라는 것을 알면서도 매번 속곤 한다. 하지만 맺지 말아야 했던 인연은 아니었다.

굿 바이, 제게예 티르페!

관계 關係

동물은 자의로 공간이동을 할 수 있는 생물체를 말한다. 동물은 또한 이미 존재하는 동식물에 의존하여 사는 기생체寄生體라고도 할 수 있다. 서로 필요에 의해 이타적이든 배타적이든 기생하고 의지하며 살아가는 것이다.

문명인들은 '기생'이라는 부정적 표현 대신 '관계關係'라고 표현을 달리해왔을 뿐이다. 그리고 그 관계는 서로 의지하고 교감을 함으로써 인류를 번성시키고 사회를 확장시켜왔다. 관계를 통해 연을 맺고 서로 어깨를 내줌으로써 비로소 아름다운 공동체가 만들어지는 것이다.

곧 해소되리라는 기대를 가지고 자의 반 타의 반 격리된 생활을 한지 어느 사이 1년이 다 되어간다. 사회적 동물인 인류가 전 지구적으로 이처럼 오랜 기간 이동이 제한을 받고 관계가 단절되다시피 살아온 일도 없었던 듯하다. 만남의 설렘도 기분 좋은 긴장감도 사라진 사회, 그 속에서 하루하루를 버텨 나가는 일은 참으로 고통스럽다. 우리가 무심코 일상으로만 생각했던 관계가 더 소중하게 여겨지는 이유다.

무인도에서 혼자 살아야 했던 로빈슨 크루소에게 가장 절실하고 그리웠던 것은 사람이었다. 오죽해서 식인종들에게 잡아먹힐 뻔했던 다른 부족 식인종을 구해내 프라이데이라는 이름을 붙여주고, 자칫 그에게 잡아먹힐 수 있는 위험을 무릅쓰면서 긴 시간을 함께 살았을까.

혼자 삶을 살아가는 독신, 비혼 등 독신 가정이 늘어나면서 비례해 반려견과 반려묘, 반려식물이 늘어나는 것은 인간은 모든 사물과의 관계 속에서 교감하며 공생하도록 만들어진 자연의 섭리 때문이 아니겠는가.

그러나 관계가 늘 긍정적일 수만은 없다. 인간은 서로에 대해 제아무리 좋은 의도를 가지고 있어도 늘 오해와 갈등을 겪게 된다. 균열이 생기는 것이다. 균열을 만드는 이가 있고 균열을 부추기는 이가 있으며 균열을 메우는 이가 있다. 그 균열을 치유하며 더불어 상생하는 일 역시 인간의 몫이다. 사과할줄 알고 용서할 줄 알고 믿어주고 그래서 얻어지는 합에 감사한다면 삶은 더 아름답고 풍요로울 것이다.

더구나 인생길 위에서 사람과 사람 간의 만남은 실로 어마어마

한 일이다. 1세대를 30년으로 본다면 아래 위 3세대에 걸쳐 희노애락의 경험과 스토리를 가진 100년의 역사와 역사가 만나는 일이다. 그러니 상대가 그 누구든 허투로 대하거나 그 관계를 함부로 다룰 일이 아니다.

> 우리의 삶에는 늘 고통과 슬픔이 있어
> 하지만 우리가 좀 더 현명해 질 수 있다면,
> 그래서 서로의 부족함을 수긍하고 서로를 도울 수 있다면
> 더 좋은 내일이 올 거야
> 우린 누구나 의지할 누군가가 필요하니까.

〈Lean on Me(나에게 기대)〉의 노랫말처럼 인간은 홀로 있을 때보다 서로 관계를 맺고 믿고 의지할 때 가장 아름답다.

종鐘도 당목撞木과 만나야 비로소 소리를 낸다.

인연因緣 2

1. 그를 생각하며

살아가면서 결코 잊어서도 놓아서도 안 되는 인연이 있다. 그리고 엄중하게 여기고 갚아야 할 신세도 있다.

다시 방영을 시작한 〈TV는 사랑을 싣고〉 프로그램를 보면서 곰곰이 생각해 봤다. 그런 일은 일어날 가능성이 없겠지만 만약 내게 출연기회가 온다면 꼭 찾아야 할 사람이 누구일까 하고 말이다.

꼭 TV 프로그램을 소환하지 않더라도 가끔씩 아주 가끔씩 생각 나는 사람이 있다. 조금씩 잊혀지는가 싶다가도 불현듯 생각이 나는 사람. 그를 만나야 하지만 고교 시절의 어렴풋한 모습과 이름만 기억 할뿐 지금 어디에 사는지 모른다.

한해 선배이니까 이미 은퇴를 하고 어느 한적한 마을에 자리를 틀고 그림을 그리며 은퇴생활을 하고 있을 것 같다. 이제라도 그를 찾아야 했다. 십 수년 전에도 그를 찾아 나선 적이 있었다. 도내 어느 학교에서 미술교사로 교편을 잡고 있다는 이야기를 바람결에 들은 적이 있었기 때문이다. 그때 꼭 찾아서 만났어야 했는데 핑계 같지만, 한동안 끊겼던 인연을 다시 잇는 일은 또한 그렇게 호락호락하지 않았다. 왜냐하면 당시 나는 갑작스럽게 대구라는 먼 곳으로 이동을 하는 바람에 인연은 또 그렇게 또 우리를 비켜 갔던 것이다.

대구; 그곳에서도 언젠가는 꼭 만나야 하겠다는 생각은 변함이 없었다. 은퇴를 하고 다시 새로운 일을 시작하고 그러는 사이 어느 사이 50년 가까이 훌쩍 지났다. 이제는 가슴에만 담고 있었으면서 찾지 못했던 그를 만나 충실하지 못했던 인연과 예우에 대해 용서도 구하고 그래서 늘 빚으로 남아있던 마음의 짐도 덜어내야 하겠다.

2. 혼돈의 시대

시골의 작은 중학교를 다니다가 그 백배나 큰 읍에 소재한 학교, 히말야시다가 흰 눈을 한가득 쓰고 우뚝 서있는 고색창연한 교정풍경에 흠뻑 빠져 덜컥 원서를 냈다. 첩첩 시골 촌놈이 영아래 도시 아이들과 겨뤄서 합격을 할 수 있을까 조바심 하는 가운데 어렵사리 시험을 치르고 합격통지를 받았다.

부푼 꿈을 안고 입학을 했지만 박정희 군사독재정권 장기집권

프레임에서 벗어날 수 없었다. 유신정신에 세뇌되고 투철한 반공사상에 무장되어 공부는 커녕 교련경연대회에 대비한 '어깨 총'에 정신 술을 놓으며 피같이 소중한 2년을 보냈다. 거기다가 강릉비행장을 출항한 KAL기 납북사건으로 나라안팎이 온통 뒤숭숭했는데 마구 풀려 찢기고 구겨진 두루마리 화장지처럼 인생에 가장 소중한 기억으로 남아야 할 고교시절의 3분의 2는 그렇게 덧없이 흘러갔다.

겉으로는 모범생인 양 전근상을 받을 만큼 충실하게 학교를 다녔지만 당시 내 책가방 속에는 늘 영화 시나리오 작법이나 영화잡지, 시집 몇 권만 달랑 들어있었다. 그러다가 보니 임업을 전공했지만 지금도 나무이름 하나 제대로 아는 것이 없다.

고교시절 내내 나는 에고이스트였고 당시 저항시를 읽고 지식인들이나 보던 사상계思想界 같은 잡지나 뒤적이는 당시 사회적 잣대로는 비학생적 반사회적 반항아이기도 했으며 엉뚱한 방향으로 생각이 깊은 아이였다.

3학년으로 올라갈 무렵, "이대로는 안 되겠다 고교시절 뭐라도 기록 될 '꺼리'와 '흔적'을 하나 만들어야 하겠다."고 마음을 먹게 된다. 그래서 세운 계획이 가을에 열리는 국화전시회에 졸업기념 개인 시화전을 여는 일이었다. 고교 내내 학교대표로 백일장에 나가 입상을 해 학교에 작은 기여를 하기도 했는데 틈틈이 써 온 시들을 모아 두었기에 가능했다. 돌아보면 '혼돈混沌, 함부로 흔들리는 한 가운데에서 중심잡기에 바빴던 청춘이었다.

3. 그해, 가을

학생 신분으로 개인전을 학교행사에 함께 연다는 일은 생각처럼 쉽지 않았다. 우여곡절 끝에 학교와 전시회를 함께 하기로 협의는 마쳤지만, 전시회를 열려면 많은 자금이 필요했다. 지금 화폐가치로 4, 5백만 원을 마련해야 한다. 아니면 비용을 최소화할 특단의 방안을 강구해야 했다.

결심이 서자 학생들을 대상으로 월간 학습지를 판매하는 알바를 시작하여 조금씩 돈을 모으고, 액자제작 비용을 줄이기 위해 여름방학을 이용하여 시골집에 가서 굴피를 벗겼다. 시화전은 시와 그림 액자의 삼박자가 한데 어우러져야 하기에 굴피로 액자를 만들면 비용도 줄일 수 있고 질감이 향토적이면서 시와 그림의 조화를 잘 살려줄 수 있을 것이라는데 생각이 미쳤기 때문이다.

전시할 작품선정도 끝나고 문제는 시화를 그릴 화가를 물색해야 했는데 마침 당시 사생대회에만 나가면 수상을 하는 그림을 매우 잘 그리는 한해 위의 한 선배를 만나게 된다. 이런 저런 계획을 설명하면서 염치 불구하고 바짓가랑이를 붙잡고 졸랐던 것으로 기억된다. 그 선배의 여러 사정도 감안하지 않은 지금 생각하면 참 터무니없는 부탁이었던 셈이다.

아무튼 그 선배는 여름과 가을에 걸쳐 시에 그림을 입히는 작업을 열과 성을 다해 마무리 해줬다. 무려 40여 점이나 되는 방대한 분량이었는데 투입한 시간도 시간이려니와 지금 와서 생각해 보면 작업에 들어간 물감 값 역시 만만치 않았을 것이지만 액자가 제작되면서 전시회 준비는 마무리 되었다.

당시 국화를 담당했던 선생님은 국화의 생육에 관한 한 우리나라에서 권위 있는 전문가였는데 전국에서 가장 규모가 큰 국화전시회가 1년을 줄기차게 준비한 필자의 개인 시화전과 함께 성대히 열리게 된다.

강당을 가득 채운 각양각색의 국화와 벽면에 알맞게 걸린 시화는 한데 어우러져 많은 관람객들의 눈길을 끄는 가운데 일주일 여의 전시회를 성공적으로 마칠 수 있었다.

그런데…

4. 성은 Y이요 이름은…

시화전은 기대 이상의 호응속에 성황리에 끝났다. 하지만 그 후 유증이 만만치 않았다. 시화는 그림과 달리 사고파는 것이 아니어서 전시회는 스폰서가 없는 한 적자를 감수해야 하는 구조다. 화가보다 시인이 가난한 이유이기도 하다.

사전에 예견된 일이긴 했지만 약간의 빚을 안게 되었다. 더구나 적자든 말든 나는 당장 굶더라도 시화전에 도움을 준 선배에게 어떻게든 성의를 다해 보답을 하는 것이 인간된 도리였다. 그러나 막연히 돈키호테처럼 내지르고 보니 손에 쥔 것이 현금이 아니라 학생 주제에 빚이어서 대책이 막막했다.

상세한 기억은 없지만 빚은 나중에 갚기로 하고 어찌어찌 돈을 마련해 당시에 핫Hot 했던 파카만년필을 사서 감사의 뜻을 담아 건네준 것으로 기억하는데 그것은 선배가 나에게 해준 것에 비해서는 턱도 없이 작은 것이었다. 마음을 다해 보답을 할 수 없는 일이 그럴수 없이 부끄럽고 참담할 수 없었다. 그래서 다짐한 것이 "그래 취업을 하면 내가 가장 먼저 이 선배에게 제대로 그 보답을 하리라"는 것이었다.

하지만 세상사가 생각처럼 풀려가는 것은 아니다. 핑계 같지만 졸업 이후, 군입대, 결혼, 취업, IMF에서 살아남기 위한 몸부림…그런 가운데서도 선배에 대한 송구함은 그림자처럼 나를 따라다녔다. 어찌 되었든 이런저런 사유로 만남은 지금까지 유보되었다.

그로부터 올해가 어언 50년이 되는 해다. 늦었다. 많이 늦었다. 하지만 더 이상 안고 갈 수 없다. 이제는 그를 만나야 하겠다. 그가 그립다. 보답해 줄게 없으면 이제라도 끌어안고 그동안 마음속에 담고 있던 말이라도 속 시원히 털어봐야 하겠다. 그래야 가슴속이 확 뚫릴 것 같다.

소중한 인연을 반세기가 되도록 기억만 하고 소중히 못 했던 나는 인연을 말할 자격이나 있는지 모르겠다.

'언눔'을 생각하며…

언눔 전우익. 그는 현학街學을 거부하는 소탈하기 그지없는 정직한 농부이자 재야 사상가이다. 1925년 경상북도 봉화군에서 대지주의 손자로 태어나 일제 강점기에 서울로 유학을 하고 경성제국대학을 중퇴했다. 해방 후 혼란기에 친구들은 정국을 흔드는 권력자들이 되었지만 미혹되지 않고 자유인의 꿈을 안고 고향 봉화로 낙향을 한다.

그러다가 '민청사건'에 연루되어 6년여간 수형생활을 한 후 주거를 제한받게 되고, 봉화 구천마을에서 홀로 농사짓고 나무를 키우며 살았다. 재미있는 것은 그의 아호가 '아무개'를 지칭하는 '언눔'이라는 사실이다(동해안을 중심으로 경상도와 강원도 일부 지방에는 '언눔'이라는 말을 많이 쓴다).

그가 쓴 육필의 제목이「혼자만 잘 살믄 무슨 재민겨」이다.

그는 어지러운 세상사를 농사를 통해 체득한 질박한 언어를 통해 우리가 잊고 있는 참삶을 깨우쳐 준다. 그는 누구를 만나든 농사꾼으로 자처하며 시종 농사짓는 이야기밖에 하지 않았다고 전해진다. 그의 책을 읽어보면 농사짓는 이야기 속에 큰 우주가 있고 역설의 철학과 사람에 대한 넉넉한 베품이 빛난다. 혼자 잘살아봐야 그게 무슨 소용이냐며 더불어 잘사는 공동체의 삶을 지향해온 그를 시인 신경림은 "깊은 산속의 약초" 같다고 했다.

산에 들면 나무 한 그루가 되고, 밭에 서면 더불어 고춧대가 되며, 들판에서는 이름 모를 들꽃이 되는 그의 글은 봄날 불어오는 남풍처럼 조용하면서도 향기와 품격, 삶의 지혜를 느끼게 한다.

은퇴 후 귀촌을 하여 조용히 농사를 짓는 친구들이 의외로 많다. 그들을 찾아 한여름 밤, 별빛이 초롱초롱하고 반딧불이가 호르륵 호르륵 날아다니는 농가의 뜰에 자리를 틀고 메밀묵 무침에 막걸리라도 한잔하면서 이런저런 살아가는 이야기를 나누고 싶지만 아직은 희망사항일 뿐이다. 왠지 오늘은 언눔, 그의 삶을 닮고 싶다.

"오늘날 일이 크게 둘로 양분되어 정신노동, 육체노동으로 나누어졌는데 이것도 빨리 어우러져야 합니다. 가장 이상적인 것은 역시 경독耕讀의 일체화라고 여겨요. 참된 경耕은 독讀을 필요로 하며, 독讀도 경耕을 통해서 심화되고 제구실도 할 수

있겠지요. 방에 틀어박혀 책상 붙들고 앉아서 천하명문이 나
온다면 천하는 무색해질 것입니다."

-전우익1의 「혼자만 잘살믄 무슨 재민겨」 중에서-

---

1 전우익 선생은 2004년 12월 고향 봉화에서 작고했다.

방년 18만세

도쿄의 지하철을 타면 흔히 말하는 독서 삼매경은 옛말, 후줄근한 모습으로 졸고 앉아있는 4, 50대의 샐러리맨들은 흔히 볼 수 있는 풍경이다. 중국을 비롯한 동남아시아 대부분 국가들도 예외는 아니어서 40대만 되어도 곰방대를 물고 처마 밑에 앉아 노인네 노릇하는 모습들을 자주 목격할 수 있다.

하지만 거기에 비해 우리나라의 4, 50대는 팔팔하다 못해 삶의 의기意氣가 하늘을 찌를 듯하고, 60대 초반에 어디 가서 나이든 척이라도 했다가는 눈총받고 쫓겨나기 십상이다.

중국 44세, 일본 47세, 독일 50세, 미국 52세, 영국 56세, 한국 60세, 이탈리아 70세, 이 수치는 얼마 전에 세계적으로 권위 있는 여론조사기관 갤럽에서 발표한 세계 여러 나라 사람들의 '스스로 늙었다'고 생각하는 나이를 조사한 결과다.

정리하면 한국은 스스로 늙었다고 생각하는 나이가 60세로 이탈리아 70세에 이어 지구촌 통틀어 두 번째로 높은 시수인 동시에 세계 평균인 55세에 비해 5세나 높다. 대체로 유럽 국가는 높고 아시아 국가는 낮은데, 아시아권에서 한국만이 높은 수치를 보이고 있다. 같은 아시아권의 장수국가 일본이 47세, 신흥개도국 중국이 44세로 나타난 것은 매우 이례적이다.

스스로 늙었다고 생각되는 순간들이 있기는 하다. 정년이 되어 직장에서 나올 때나 손주가 생겨 할아버지가 되었을 때, 경로우대증을 발급받거나 하는 경우인데 이 같은 것은 모두 사회제도나 통념에 의한 영향일 뿐이라는 생각이다.

'아직'이라는 마인드 컨트롤을 통해 젊다고 생각하면 뭔가 희망이 생기고 용기가 나며 그것을 추동推動시키는 동인動因을 만들어낸다. 조사기관은 한국인의 그 '동인'을 주목했던 것으로 보인다. 정신적 심리적 복원능력이다.

한국인의 60세. 아니 60대는 대체적으로 10년은 더 일할 수 있다고 생각을 하는데 한국 사회에서는 그리 무리한 일이 아니다. 체력이 예전 같지 않고, 때로는 기억력이 깜빡깜빡하지만, 생물학적 노화현상일 뿐이지 노인이 된 것은 결코 아니다.

한漢나라의 삼천갑자 동방삭인들 늙지 않을 수는 없었다. 온갖 수단을 찾아 '최대한 생을 연장시키자'가 그의 목표였을 것이다. 그러다가 보니 무려 18만 년을 살았다 한다. 어디까지나 중국 버전의 과장된 설說에 불과하지만, 그가 중국에서 쫓겨나 삶을 이어갔던 곳은 다름 아닌 조선의 탄천炭川, 지금의 경기도 용인이었다고 한다.

스스로 늙었다고 멘탈을 포기하는 순간에 노인은 탄생한다.

미네르바의 부엉이

1. 꼰대와 신인류

친구는 얼마 전 가족 단톡방에 아들들이 보도록 문자 한 줄을 올렸다 한다.

"가상화폐는 아직 자리가 잡히지 않은 비제도권 금융으로 투기성이 농후하니 부화뇌동하여 적은 금액이라도 섣부르게 투자하지 않는 것이 좋겠다."

그런데 한 세대를 건너뛴 간극과 보수적 논리는 그것을 허용하지 않았으며 대충 이런 답변이 돌아왔단다.

"어차피 가상화폐는 곧 제도권 금융시장으로 들어 올 것입니다. 미래를 대비하는 차원에서 실험삼아 조금은 직접 해봐야 할 것 같습니다."

아버지로서 당연한 염려이고 권고라고 생각했는데 명색이 경제학자인 애비의 현실적 예측과 권위(?)에 대한 예상치 못한 반격에 흠칫할 수밖에 없었단다. 한참을 생각해 보니 30여 년이라는 한 세대 차이를 가진 아들의 이런 반응은 어쩌면 당연한 것이고 그는 결국 하지 말아야 할 꼰대짓을 한 상황에 처해 버렸다는….

새로운 세대의 세상을 보는 눈과 기성세대와 다른 그들의 의식구조를 간과해 버린 아~ 이 슬픈 꼰대의 현주소라니… 이야기를 듣고 보니 긍정하면서도 무너지듯 상실감이 몰려오는가 싶었는데, 어쩌면 무작정 하고 나이든 부모세대를 꼰대로 비하하며 성장했던 세대는 지금 꼰대가 되어 그 되갚음을 받는지도 모른다는데 생각이 미쳤다.

그렇다고 이대로 물러서면 안 될 일이었다. 이참에 꼰대의 정체성과 의미를 한번 세심하게 살펴봐야 한다. 정신 차리지 않으면 살아가는 내내 세대 간의 갈등에서 수세에 몰릴 것이기 때문이다. 또한 꼰대라는 달갑지 않은 별호를 달고 살아가고 싶지 않은 까닭이기도 했다.

도대체 꼰대란 무엇이며 누구인가? 그리고 이 시대에 꼰대들은 현실과 미래를 어떻게 유지하고 돌파하며 살아야 하는가? 또 한 기성세대와 의식구조가 완연히 다른 신인류인 세대들과 어떻게 무리 없이 공존하며 살아야 하는가 하는 등 밀이다.

2. 꼰대의 유래

사회현상을 분석하려면 근원부터 살펴야 한다. '꼰대'의 유래는 대체 언제 어디서부터였을까.

여러 설이 존재하나 한 어학자는 나이 든 세대의 상징물인 곰방대를 축약하여 생겼다고도 하고, 어떤 학자는 주름이 많은 '번데기'의 남도 방언인 '꼰데기'에서 그 유래를 찾기도 한다. 또 다른 학자는 프랑스어로 백작을 콩테(Comte)라고 하는데 이 콩테가 일본에 들어와 발음변형을 일으켜 '꼰대'가 되었다는 주장이다. 설에 의하면 일제강점기 당시 이완용 등 친일파들은 백작, 자작과 같은 작위를 수여 받으면서 스스로 '콩테'라 불렀는데, 이를 비웃는 사람들이 '꼰대'라 불렀다는 것이다. 즉, '이완용 꼰대'라고 부른 것에서 꼰대라는 말이 시작됐고, 친일파들의 매국적 행태를 비꼬아 '꼰대짓'이라 했다는 것이다.

'꼰대'가 처음 세상에 공식적으로 등장한 것은 1920년대 신문을 통해서인데 당시 동아나 조선일보 같은 당시 메이저신문에 '곤대'라는 용어가 등장한다. 이후 6, 70년대 들어 발간된 문학소설에 아버지를 '꼰대'라고 칭한 장면도 나온다.

특히 당시 많이 읽히던 만화에는 더 노골적으로 아버지나 선생님을 꼰대라고 비하하는 장면들이 자주 등장하는데 이로부터 '꼰대'는 주로 청소년층의 학생들에 의해 아버지를 대신하는 은어가 되었다.

1910년부터 1960년까지 반세기 동안 일제강점기와 해방, 한국전쟁 등 질곡의 시대 상황 때문인지 당시 다양한 문헌에 기록된 일상의 언어들이 매우 거칠었는데 심지어는 아버지와 어머니를 '숫꼰대', '암꼰대'로 부르기까지 했다.

이후, 격동의 근대화 시대를 거쳐 4차 산업시대인 현재에 이르러도 사라지지 않고 우리 근,현대사와 애환을 함께 했으니 '꼰대'는 민족의 아픔이 배어있는 이름씨가 아닐 수 없다.

한편, 이 단어는 영국 BBC방송에 의해 해외에도 소개되었는데 2019년 9월 23일 BBC 자사의 페이스북에 '오늘의 단어'로 'kkondae(꼰대)'를 소개하며, '자신이 항상 옳다고 믿는 나이 많은 사람'이라고 풀이했다.

3. MZ세대의 반격

바늘 가는 데 실 가듯 꼰대가 하는 행위의 상당 부분은 꼰대질이 된다. 꼰대질은 기성세대가 신세대에게 자신의 경력과 연륜을 일반화시켜 생각이나 행동 양식을 일방적으로 강요하는 권위적 행위를 말한다. 그러므로서 기성세대는 신세대로부터 혐오를 자초하기도 한다.

꼰대질은 가정은 물론 정치, 경제, 사회, 문화 어느 곳 하나 빠지지 않고 스며있다. 얼마 진 한국의 정계에서는 파격적인 일이 벌이졌다. 30대 제1 야당 대표의 탄생이었다. 한국 정치사에 새로운 기록이며 정계에 미친 충격은 가히 허리케인급이라 해도 과언이 아니었다. 마치 호랑이 등에 올라탄 기세로 사회에 돌풍을 몰아온 것이다. 기성세대를 향한 신선하고 유쾌한 반란인 동시에 기득권과 수구적 품새에 대한 'MZ세대의 반격' 이라고 해도 과언이 아니다.

설마 하고 맥을 놓고 있던 4, 50대 정치 초년생들마저도 앉아서 하루아침에 꼰대가 된 모양새다. 신인류의 역습에 온전히 당한 것이다. 과거에 젊은 세대는 기성세대의 꼰대질에 대해 그저 흘려듣거나 뒷담화 정도의 소심한 저항을 보였다. 그러나 지금은 아니다. 수구꼴통이라거나 기득권의 횡포, 권위주의라는 비난을 넘어 몸으로 행동으로 언사로 도발한다.

경륜과 장유유서의 가치는 슬그머니 꼬리를 감추고 실력·능력주의를 바탕으로 한 '공정한 경쟁'이 화두로 등장했다. 그 파장이 어디 정치권뿐이겠는가만은 기성세대가 꼰대질에서 벗어나지 못하는 사이 세상이 바뀌고 있다.

기대와 우려가 교차 되면서 어느 게 진짜 보수고 어느 게 진정 진보인지 혼란스러운 시간이지만 아무튼 기성세대는 '♪범 내려온다~~♬'고 했을 때 바짝 정신을 차렸어야 했다.

4. 갈등은 새로운 문명을 낳고

사회에서는 물론 가정에서도 약자들의 일에 일일이 간섭하고 잔소리를 늘어놓는 등 어느 날 문득 꼰대가 되어있는 자신을 발견하게 된다. 그럴 때 마다 '저눔의 영감탱이' 소리를 듣지 않기 위해 '낄끼빠빠'를 되뇌이며 인내를 해야 했으니 꼰대 아닌 척 꼰대가 되어 산다는 것은 정말 어려운 일이다.

그러나 생각해 보라. 꼰대는 태어나면서부터 꼰대가 아니었다. 연륜 속에 온갖 역경을 겪으며 만들어진 아픔의 대명사다. 지금의 꼰대도 한때는 진보적이었으며 유행에 민감한 트랜디한 청년이었다. 개혁과 혁신을 외치기도 했고 불의에 두 눈을 부릅뜨기도 했다. 하지만 나이가 점차 들어가며 다양한 경험을 하게 되고 정신적 심리적 생리적 변화를 겪으며 가치관마져 흔들리는가 싶더니 기어이 꼰대가 되고 만 것이다.

그러면서 점차 신·구세대 간의 갈등이 시작된다. 갈등의 요인은 가정환경, 성장 과정에서의 사회환경, 각자마다 다르게 형성된 가치관에 따라 그 범위가 달라진다.

꼰대는 과거와 일반적 현실에 살지만 새로운 세대는 미래와 증강현실에 산다. 꼰대는 농경사회를 거쳐 산업시대에 살아왔지만 새로운 세대는 고도화된 디지털 산업시대에 산다. 꼰대는 산 위에서 화약 냄새 매캐한 불꽃놀이를 보며 잠시 삶의 고달품을 위로 받았지만 그들은 강변 푸른 잔디밭 릴렉스 체어에 앉아 화려한 레이저 쇼를 보며 인생을 즐긴다.

달라도 너무 다른 나름의 세계에 한 시대를 한 공간 안에 숨 쉬며 살고 있으니 갈등이 생기는 것은 어쩌면 당연한 것이다. 그러나 그것이 극한의 대립으로 가지 않는 한 갈등은 오히려 새로운 문화와 문명을 만들어내는 동인이 된다는 점에서 신인류와 꼰대 간의 갈등은 어쩌면 문명의 한 과정인지도 모른다.

5. 아~ 꼰대여!

이쯤에서 정리를 해 보자. 꼰대를 조금 더 쉽게 표현하면 얼굴에 주름이 지고 동작이 느리며 이일 저일 간섭하고 잔소리를 늘어놓는 영감탱이를 말한다. 좀 더 광의로 해석하면 잔소리나 간섭을 좋아하는 나이든 노인이나 사고가 고루한 기성세대, 무조건 가르치려고만 드는 선생을 싸잡아 비하하여 칭하는 은어가 '꼰대'임을 알 수 있다.

젊은 세대는 기성세대를 '꼰대'라는 비속어로 폄훼함으로써 자신들의 문화와 표준에 간섭하려는 권위주의에 저항하거나 소통을 지레 차단하려 했음을 알 수 있다. 가장 가까운 사람, 가까이해야 할 상대로 한 어리석고 비루한 문화였고 방식이었던 셈이다.

지금 꼰대들의 입지가 흔들리다 못해 위기다. 그러나 꼰대는 어느 날 하늘에서 뚝 떨어지는 것이 아니라 계절이 오듯 자연스럽게 오는 것이다. 또는 계절에 상관없이 5월에 눈 내리듯, 8월에 서리 내리듯, 혹 치고 들어오는 경우도 있다. 그러다가 보니 아무리 꼰대가 되지 않으려 한들 은연중 '라떼'를 소환하는 꼰대가 되는 것이다.

더러 경륜을 내세워 갑질을 하기도 하고, 나이로 승부를 걸려고도 한다. 기득권을 내세우며 부리는 정치 경제 사회 문화적 강자의 횡포도 여기에 속한다. 기성세대가 가진 권위주의적인 사고방식으로 문제를 해결하려고도 한다. 자신은 늙어가는데 아랫놈들은 젊고 유복한 시절을 보내고 있으니 그에 대한 시기와 질투심이 생겨서거나, 자신보다 나이 어린놈들한테 무시받고 싶지 않아서 꼰대짓을 하는 경우도 있을 것이다.

그러나 젊은이여, 꼰대는 사회악이거나 가정의 걸림돌이 아니다. 꼰대의 한마디 한마디는 다만 삶의 양념이 아니다. 지난 한 삶을 통해 체득한 경험과 시행착오, 성찰을 바탕으로 한 피땀이 묻은 무거운 충고이며 낡은 듯 매운 지혜다. 그러기에 나이 들고 지위가 올라가도, 꼰대가 되지 않도록 스스로를 경계하는 지혜로운 꼰대도 있는 것이다.

6. 그러니 꼰대여!

꼰대는 이제 더 이상 과거의 변방 늙은이가 아니다. 젊은이라고 모두 진보가 아니듯 꼰대라고 해서 모두 보수도 아니다. 정치적 이념적 성향을 떠나 꼰대는 여전히 사회의 한 축을 담당하는 중심이며 무게이다. 그러니 새로운 세대는 꼰대의 충고와 당부를 함부로 비하하거나 폄훼하지 말라. 나이듦은 축복도 아니지만 죄도 아니다. 가장 자연스러운 생리적 사회적 현상이며 어떤 이는 잘 익어가는 향기로운 과일과 같은 것이라고 했다.

어떤 집단 또는 사회에 지도자의 나이가 젊어진다고 해서 반드시 달라지는 것도 아니다. 사회는 갓 태어난 유아부터 온갖 풍파를 경험한 노장에 이르기까지 균형감 있게 존재하며 저마다 역할을 해야 건강해진다. 지혜로운 꼰대가 있어야 사회는 비로소 제 기능을 할 수 있는 것이다.

101세의 김형석 교수는 지금도 신문에 칼럼을 쓰고 미합중국의 대통령 바이든의 나이는 79세이며, 70세의 모 코미디언은 세 번째 결혼식을 올렸다.

그러니 꼰대들이여 주눅 들지도 기죽지도 마시라. 피로 대한민국의 민주화를 이끌어 냈고 땀으로 세계 10대 경제 강국을 일궈낸 주역이었다고 자랑질하지 않겠다. 하지만 잘했든 못했든 천년 역사 속에 한 시대를 책임졌던 세대다. 그러기에 자신의 의지와 상관없이 곧 꼰대가 될 차세대 꼰대들이여! 지금의 꼰대들은 역사의 한 중심에 있었던 사실을 인정하고 이해하려는 마음을 가져야 할 것이다.

현재의 꼰대여! '라떼'면 또 어떤가. 꼰대 시대를 당당히 주장하고 정당하게 평가받을 일이다. 다만 후세대에 대한 편견은 물론 그들에게 지나치게 어른 노릇 하려고 하지 말며 그들의 저항에 일일이 분노하지도 말라. 꼰대가 되어봐야 비로소 꼰대의 서글픔을 알 것이니 기다려 줄 줄 알아야 한다.

　젊은이와 스스럼없이 소통하고 이해할 줄 알며, 열렬하게 토론하되 아집을 버리고 수용할 줄도 알아야 한다. 냉철한 지혜로 응대하되 뜨겁게 포용하며, 그저 묵묵히 지켜보다가 경솔하거든 상황에 맞게 넌지시 한마디씩 거들어 줄 일이다. 잘 익은 와인같이 지혜롭고 향기롭게 나이들 일이다.

　미네르바의 부엉이는 황혼이 저물어야 비로소 그 날개를 편다고 했다.

☽ 미네르바의 부엉이 ☾

Owl of Minerva

미네르바는 로마 신화에 나오는 지혜의 여신이다. 여신 미네르바는 산책할 때 늘 부엉이를 데리고 다녔다. 그래서 부엉이는 지혜를 상징하는 동물로 불린다.

"미네르바의 부엉이*Owl of Minerva*", 19세기 독일의 철학자 헤겔(Hegel, 1770~1831)은 난해한 그의 철학을 다른 사람들이 제대로 이해하지도 못하면서 비판하는 것을 가리켜 이렇게 말했다.

> "미네르바의 부엉이는 황혼이 질 무렵에야 비로소 날개를 펴기 시작한다."
>
> 『법철학』

생각이 깊고 시대를 앞서 나가는 사람은 고독하다, 더구나 남들이 자신을 알아주지 못하니 답답하고 억울하기까지 했을 것이다. 헤겔은 자신의 그런 처지를 '미네르바의 부엉이'에 비유한 것으로 여겨진다.

그러나 한편 생각해 보면 철학적 추사追思 보다는 직역直譯하여 지혜란 경험과 오랜 시행착오 끝에야 얻어진다는 가치의 역설이면서 황혼 무렵에야 비로소 지혜롭고 참된 인생의 여정은 시작된다는 의미로 재해석하고 싶다.

10장

흐르는 강물처럼

묵직한 첼로 선율이 안개처럼 퍼져가는 강어귀에서 깊은 사색에 빠진다. 나를 에워싸고 노을빛에 잠기고 있는 저 강물, 누가 뭐라든 유유히 흘러가는 저 강물처럼 그렇게 살고 싶다.

휴전둥이

1953년 7월 27일 한국전쟁 정전협정이 체결되었다. 태어나고 딱 2개월 20일 만이다. 같은 민족끼리 총부리를 맞대고 나라 안팎으로 백 수십만 사상자를 낸 비극의 한국전쟁은 그렇게 휴전이라는 이름으로 일단락 되었다.

시간을 거꾸로 돌려보면 전쟁 와중에도 잉태가 되어 전쟁이 끝나던 해에 세상에 태어났으니 '해방둥이'가 있듯 '휴전둥이'라고 해야 할 것 같다.

뱃속에서 전쟁을 겪느라 아이들 가진 어미도 뱃속에 든 새끼도 힘겨웠고, 총성과 포성, 피난길의 아우성을 태교음악 대신 들으며 세상에 나올 준비를 했을 것이다.

그리고 그 휴전둥이는 건장한 장정으로 자라 군에 입대를 하고 공교롭게도 판문점 도끼만행사건을 촉발시킨 미루나무가 잘려나가는 현장에 있었다.

1976년 8월 21일 새벽, 진 군에 데프콘2 비상이 걸리고, 연대 작전병이었던 나는 묵직한 실탄통과 수류탄을 지급받고 판문점이 한눈에 내려다보이는 GP의 벙커 속에 있었다. 일촉즉발, 실탄을 장전하고 안전핀을 푼 채 방아쇠에 검지손가락을 거는 순간, 고향집의 부모 형제와 친구들의 얼굴이 스치듯 떠오르며 눈물이 쏟아져 내렸다.

한 놈의 북한군이라도 더 쏴 죽여 전쟁에서 승리해야 하겠다는 군인으로서의 투지와 긴장감도 긴장감이려니와 이 순간 전쟁이 터지면 살아서 고향 땅을 밟을 확률이 0%도 없다는 감성적 생각이 겹쳐왔다.

그날부터 41년 8개월이 지났다. 엊그제 남북정상회담이 판문점에서 열리고 양국정상에 의해 평화의 시작을 알리는 상징으로 튼실하고 아름다운 수형의 소나무 한그루가 그 역사의 현장에 심어졌다. 나와 같은 나이의 1953년생 소나무라고 한다.

휴전둥이, 돌아보면 참 전쟁처럼 살아왔다.

앞으로는?

글쎄, 우선은 살아오면서 잘못 매듭지어졌던 숱한 형태의 미움과 증오부터 버려야 하겠다. 살아온 날이 그랬으니 이제는 저 소나무처럼 묵묵히 세상을, 역사를 관조하며 살아가야 하겠다. 소나무는 나이가 들수록 의연하고 그 향기가 새로워진다고 했던가?

꽃잎처럼 붉었던 젊은 시절의 땀과 눈물이 배인 그 GP 언저리에는 지금쯤 철쭉이 만발해 있을 것이다.

술 한잔 담배 한개피

나의 생은 미친듯이
사랑을 찾아 헤매었으나
단 한 번도 스스로를
사랑하지 않았노라

80년대를 대표하는 시인 기형도는 「질투는 나의 힘」이라는 시를 통해 이렇게 자신의 생을 질책한다.

나는 누구이고 무엇이며 지금 왜 여기에 이런 모습으로 서 있는가? 그의 시에는 젊은 날의 끓는 열정에도 불구하고 뜬구름 잡듯 허망하게 살아온 날들, 그리고 자신에 대한 냉정함과 소홀함의 한탄이 짙게 드리워져 있다.

누구에게나 꿈과 이상이 넘실거리던 젊은 날이 있었다. 하지만 현실은 쉽게 그것을 허락하지 않았다. 그러기에 더 미친 듯이 사랑을 찾아 헤매었고 그것이 채워지지 않았기에 늘 결핍되고 허기져야 했던 삶, 그럼에도 불구하고 내 삶에 대해 베푼 것은 술 한 잔과 담배 한 개비가 전부였다고 스스로를 아쉬워 하고 한탄한다.

살아오면서 왜 타인에 대해서는 한없이 너그러우면서도 자신에 대해서는 그리도 냉혹하고 인색했던 것일까? 늦은 저녁, 거리 한가운데 자신을 세워놓고 물끄러미 바라보며 그는 현실에 뿌리내리지 못한 채 '구름 밑을 천천히 쏘다니는 개'라고 자신의 생을 토하듯 설파한다.

그가 나를 닮았는지 내가 그를 닮았는지 알 수 없지만 나도 때로는 그와 같이 '거리를 쏘다니는 개'였던가 싶다. 그의 시적 감성과 삶의 행태가 나에게 이입된 것도 아닌데 나도 그처럼 지금까지 나의 정체성과 얼굴에 대해 확신을 가지지 못하고 살아가고 있다. 불혹은 물론 하늘의 뜻을 이해한다는 지천명은 진즉에 넘겼고, 모든 말뜻을 객관적으로 이해한다는 이순을 넘겼음에도 여전히 대체 나는 누구이며 무엇인가를 끊임없이 자문하고 있는 것이다. 형이상학적인 삶을 살아온 것도 아니다. 오히려 세속의 한가운데서 여러 유형의 인생들과 함께 어울려 형이하학적이며 과학과 예술과 경제라는 실용적 학문에 기반한 문명과 더불어 삶을 살아왔다는 것이 옳은 표현일 것이다.

누구의 삶이든 어찌 평탄하기만 할까만 대책 없이 새로운 것에 대한 경험과 도전을 즐기다가 보니 어쩌면 성공보다 실패가 더 많았던 삶이었다. 급격한 산업화와 탈농촌 과정에서 파생된 가치관의 혼란과 갈등 속에서 숱한 시행착오의 미음에 상처를 입고 좌절하기도 했다. 과정에서 쓰러졌다가 다시 일어서기를 반복하며 한발 한발 앞으로 나아가기는 했다.

어떤 이는 나에게 아직도 '최 대표'라고 부른다. 젊은 시절 어리석게도 다만 저항심과 방기를 자본으로 출판사를 할 때 직원으로 만났던 얼굴이다. 직장 시절에 만났던 옛 부서 직원은 세월이 멈춰선 듯 여전히 '팀장님'이라고 불러주는데 한동안 잊혀졌던 아득한 기억이 살아나면서 정감이 묻어나서 좋다. 인력개발원 교수로 함께 근무했던 전 동료가 불러주는 호칭은 변함없이 '최 교수'이며, 연구소 시절을 함께했던 어떤 이는 '최 소장', '최 원장'에 이어 '최 박사'로도 불러주는데, 그나마 나의 이력을 존중해주는 의미로 불러주는 '최 교수'가 평범하기도 하고 듣기에 거부감이 덜하다.

물론 지금 나는 신문에 사설과 칼럼을 쓰는 저널리스트일 뿐이고, 더러는 '최 작가'라고 불러주는 이들도 있어 고맙기도 하나 익숙해져 있지 않아서인지 황송하기가 그지없다. 사람들이 불러주는 대로 대답은 쿨하게 하지만 혼란스럽고 부끄럽고 난감할 때도 많다. 그러나 어쩌면 이 보잘것없고 소용도 별로 없는 이름들은 그나마 내 삶을 모자이크 해 온 편린들이며, 그동안 끊임없이 물어왔던 '나는 누구이며 무엇인가?'의 일정 부분 대답인 동시에 내 정체성의 근거가 될 수 있겠다는 생각도 든다. 나에 대한 타의 호칭에 의해서 거우 나의 모습과 얼굴이 흐릿하게나마 반추되는 지지리도 못난 인생인 것이다.

이제부터는 나의 정체성을 굳이 구하거나 밝히려 하지 않을 것이다. 인생에 정답은 없다. 답이 있다 한들 그 답은 뻔하다. 답에 매몰되기보다는 답을 구하는 과정이 더 중요하다는데 생각이 이른다.

왜 내 삶은 늘 내가 우선이 아니라 내 아닌 사람이 우선이었을까? 하는 것이었다. 이제부터는 나를 사랑하는 방법을 배워야 하겠다. 내가 살아온 날들의 수고에 대해 보상을 해줘야겠다. 미친 듯 나에 대한 사랑과 보상을 실천해야 하겠다. 나에 의한 나에 사랑과 보상이 차고 넘치면 그때야 그 넘침을 가지고 타인을 사랑하자고 생각해 본다.

나부터 사랑하는 일이 과연 옳은 일인지는 실컷 사랑을 해준 다음, 보상을 해 준 다음 생각해 보겠다. 누가 묻기라도 한다면 나에 대한 나의 사랑이 없으면 남에 대한 나의 사랑은 기만일 뿐이라고 말할 참이다.

후일 '당신은 타인에 대한 배려가 나중이었다'는 비난과 마주하더라도 그 와는 달리 나는 '나 자신을 무척 사랑했노라'라고 그 와는 다른 시를 쓰고 싶다.

나는 나를 파괴하고 싶지 않다. 한없이 스스로를 사랑하는 나를 만나고 싶다.

이제 뻔뻔스럽도록 나를 사랑할 차례다.

흐르는 강물처럼

1. 유역

인류의 모든 문명은 넓은 강 유역을 통해 발생했다. 기름진 너른 평야와 풍부한 물이 있어 가능했을 것이다.

문명은 라틴어로 도시라는 말에서 유래된다. 고대 도시의 형성이 문명과 관련이 있음을 말해주는 것이다. 하지만 문명은 도시보다는 농업의 발달과 관련이 크다. 기원전 3500년 어떤 영특한 호모 싸피엔스가 강 유역에서 농사를 짓기 시작하고 일용할 식량이 생산되는 것을 본 여타의 호모 싸피엔스들이 하나둘씩 모여들면서 시작됐을 것으로 추측되기 때문이다.

농경을 통해 차츰 생산량이 늘어나고 잉여농산물이 생기면서

빈부의 격차로 계급사회가 형성된다. 이 계급사회는 상호작용을 통해 마을과 마을을 연결하여 도시를 형성하게 되고, 도시를 경영하자면 자연이 지배계급이 생기게 된다. 지배계급은 신의 대리자로 도시와 백성을 통치하기 시작했다. 신을 향한 제사와 통치를 위한 세금, 통치수단으로서의 교육은 문자를 필요로 하고 문자를 창제해 기록을 하게 된다. 이것이 곧 문명의 시작이다.

강 유역이었으면 좋았을 일이지만 나는 마치 실로폰 연주 소리 같이 돌돌돌 맑은 물이 흐르는 시냇가에서 태어났다. 그래서인지 너무 넓고 깊은 바다보다는 강이 더 정겹다.

태어날 당시 아버지는 천수답을 짓는 농부였다. 이 후, 이웃과 두레를 만들어 관개를 했으며, 품앗이를 통해 벼농사를 많이 지어 양식을 비축했다. 그리고 부모님과 아홉남매들은 그곳에서 이웃과 더불어 새로운 가족 문명을 일궈 나가기 시작했다. 마치 기원전 우리 조상들이 그랬던 것처럼….

2. 풍경

강가에 서면 나의 태를 묻은 고향의 풍광들을 그리워하게 되는 것은 당연하다. 봄이면 진달래와 철쭉이 만발했던 그 시냇가의 널따란 바위와 물살에 뒹굴어 몽돌로 만들어진 자갈밭과 작은 모래사장, 아침이면 황금빛 햇살을 받아 더 웅장하게 보이던 신선바위, 여름이 오기도 전에 성급한 악동들이 턱을 덜덜 떨어가며 발가벗은

채 멱을 감던 가마소에는 반석이 있어 알몸으로 누우면 장작으로
데운 안방 아랫목처럼 따스했다.

　여름이면 온갖 과일 익는 향기가 집 안팎에 가득했고, 학교를
마치면 일하기가 싫어 길바닥에서 시간을 보내며 놀이에 심취하다
가도 집에 돌아오면 어김없이 양떼를 몰고 뒷동산에 올라 하모니카
를 불며 양을 치다가 내려와 하루를 마감했다. 꽤나 낭만적이었으
나 그만큼 고달프기도 했다.

　전란 중 어머니 뱃속에서 선택의 여지도 없이 숨어들어야 했던
피난처의 작은 초가집, 추녀 끝 왕거미 줄에 알알이 매달린 영롱한
아침이슬, 마치 실로폰처럼 돌돌돌 소리 내며 흐르던 집 앞의 작은
시내, 한바탕 소나기가 지나고 나면 산등성을 타고 스멀스멀 기어
오르던 안개, 안개가 걷히면서 골짜기 사이로 티끌 하나 없이 펼쳐
졌던 맑고 깊고 푸르렀던 하늘…. 나는 벼슬이 맨드라미처럼 붉은
장닭의 건강하고 우렁찬 긴 울음소리를 들으며 눈을 뜨고, 밤하늘
의 별을 헤다가 스르르 잠이 들었다.

　삶에 지치고 힘들 때마다 나는 삶터 가까이 있는 강변을 찾는
다. 간절하게 원하지는 않았지만 어쩌다가 뿌리를 내리고 가지를
뻗은 채 잎을 피우고 아이들을 키우며 살아온 곳이 소양강이 있는
춘천이다. 우리나라에서 가장 큰 댐이 있고, 그곳에서 담수된 물은
호수가 되고 이윽고 우유빛 같은 뽀얀 물안개를 피우며 강이 되어
흐른다.

　아늑하고 풍경이 그림 같은 시냇가에서 태어났지만, 폭이 넓고

수심이 깊은 큰 강변에 살고 있으니 발전이라면 장족의 발전이다.

3. 심강무성

내가 강을 좋아하는 이유는 앞 장에서 기술한 이런 정서적 이유에서만은 아니다. 살다가 보면 생기는 일, 뭔가 일이 잘 풀리지 않을 때가 있다. 인내심을 가지고 고민해 보지만 역시 마찬가지다. 당장 해답을 얻으려니 마음만 조급해지고 생각과 마음은 헝클어진 실타래가 되어 정신과 마음을 어지럽힌다.

그러나 보자. 그런다고 당장 해결될 일도 아닌 것을 왜 그 끈을 잡고 밤새 전봇대와 진땀을 흘리며 싸우는 악몽처럼 실랑이를 벌이는가. 당장 목숨이 위태로울 일이 아니면 강변으로 달려나가 잠시 멈춰 서서 심호흡을 한 다음 그 문제를 강물 위로 던져 버린다.

살다가 보면, 어느새 풀어져 아무렇지도 않은 표정으로 슬그머니 자신에게 다가온 문제가 아니게 된 예전의 그 문제를 만날 수 있을 것이다. 지나놓고 보니 그 문제는 삶의 아주 작은 일부분이었던 것을 참 어리석게도 가슴에 담고 아프거나 슬프게 시간을 허비한 자신을 발견하게 된다. 강은 치수나 풍치로서의 기능뿐만 아니라 이럴 때도 유용하게 작용을 하는 것이다.

물은 제 길로 흐른다는 말이 있다. 억지로 막으면 언젠가 홍수가 뚫어버린다. 그리고 반드시 흘러가야 할 곳으로 물길을 내고 기어이 강물과 바다로 합류를 한다.

심강무성深江無聲, '깊은 강은 소리가 없이 흐른다'는 고사성어처럼 겉으로는 침묵하는 듯 하지만 속으로는 소리 없이 제 갈 길을 가는 강, 그렇게 큰 바다로 흘러가는 강물처럼 살아가라고 스스로를 다독인다. 내 삶의 방식 중 하나이다.

7월 7일생.

세상을 향해 발버둥질 쳤으나 나는 역사를 만들어가는 큰 물줄기에 합류하지 못했다는 자괴감이 든다. 지난했던 삶을 통해 은연중 했다손 치더라도 그것은 아주 미미한 정도일 것이다.

다시 혁명을 꿈꾸지만 그것은 내면의 혁명일 뿐이다.

묵직한 첼로 선율이 안개처럼 퍼져가는 강어귀에서 깊은 사색에 빠진다. 나를 에워싸고 노을빛에 잠기고 있는 저 강물, 여생을 그저 흐르는 저 강물처럼 그렇게 살고 싶다.

나는 오늘도 강변 벤치에 앉아 이 글의 에필로그를 메모했다. 그것이 에세이든 시든 칼럼이 됐든 누구에겐가 마음의 위로가 되고 희망이 되는 한편 글로 재탄생하기를 바란다.

그 누구의 삶이든 담대하고, 유장하게 흘러 바다로 향하는 강물처럼 나름의 인생과 문명을 일궈가며 그렇게 살아지기를 바란다.

지금 알고 있는 것을
그때 알았더라면

지금 알고 있는 것을 그때도 알았더라면
아침에 일어나 사랑하는 사람과 따뜻한 입맞춤으로 하루를
시작했으리라.

아집에 얽매이기보다는 삶을 조언해 주는 아내와 친구의 말에 더
공감하고 공유하며 함께 미래를 도모해 나갔으리라.

매사를 예단하거나 경솔하게 말하지 않고
한 번 더 신중하게 판단한 다음 실천에 옮겼으리라.

얄팍한 지식에 의존하기보다는
진국같이 경험에서 우러나오는 어른과 선배의 말에 더 귀
기울였으리라

고난과 시련이 인생을 더 인생답게 만든다고 긍정하며
하루 하루 성찰을 통해 내일을 준비했으리라

어떤 경우라도 자신을 잃지 않고
인간의 존엄과 위엄을 지켰으리라

자신을 소중히 하듯 남을 존중하며
진정 사람다움은 겸손하며 신뢰를 주고받음에 있음을
생각했으리라

일과 사랑에 더 많은 열정을 쏟으며
더 큰 용기와 도전정신으로 나를 키워갔으리라

가슴을 열어 용서와 포용을 배우고
절제하는 가운데 물질의 노예가 되지 않는 삶을 지향했으리라

비록 가난하더라도
곁눈질하지 않고 진정 내가 하고 싶어 하는 일을 했으리라.

진정한 품격은 내면으로부터 나오고
참된 멋은 절제와 소박함에서 나온다는 것을 자각했으리라

지금 알고 있는 것을 그때도 알았더라면
더 많이 감사하고 그로 인해 더 많이 행복해하며
나눌 수 있는 것은 이웃과 더 나누며 살았으리라.

조급해하지 않고
긴 호흡으로 인생을 관조하고
보다 담대한 삶을 살았으리라.

지금 알고 있는 것을 그때 알았더라면…

에필로그

    인생은 긴 여행이다. 그리고 그 여행길 틈틈이 산책을 통해 과거를 만나고 여행을 통해 미래를 만나며 순례를 통해 마음과 만난다. 그렇기에 여행과 산책과 순례는 공간의 이동인 동시에 시간의 이동이며 마음의 행로이기도 하다.

    걸어온 무수한 발자국들을 헤아려보기도 하고, 미래를 설계하는 일 등 이 모든 것은 산책이나 여행, 순례를 통해 이루어진다.

    늦었다고 생각하지 말라.

    웬만하면 멈추어 서지 말라.

    하루같이 반복되는 산책이면 어떻고

    수개월이 걸리는 순례면 어떠하며

    더구나 한 생이 소요되는 인생길은 피할 수 없는 숙명과 같은 것이다.

    어차피 삶은 원심력에 의해 떠돌기도 하고, 구심력에 의해 돌아오기도 한다. 그 길 위에서 희망하고 기대하고 감사할 일들과 만난다면 좋을 일이다. 진실한 사랑과 마주할 수 있다면 더 좋을 일이다.

    버겁기만 한 현실과 여기저기 치이고 부대끼고 찌든 삶에서 벗어나 부초처럼 떠돌고 싶을 때는 훌쩍 길을 떠나볼 일이다.

그도 지겹고 위안이 그리우면 돌아가면 된다. 사람에게 돌아갈 고향과 집이 있다는 것은 얼마나 다행스러운 일인가.

오늘도 인생이라는 유장한 길을 걸으며 그대를 만나 눈인사를 나누고 커피 한잔의 향기에 취해 한 줄 글이라도 쓸 수 있다면 이 모든 것 감사하며 살아갈 일이다.

부족한 글을 읽어주신 모든 분께 감사할 뿐입니다.

집필 중인 다음 책에서는 좀 더 진지한 모습으로 만나기를 원합니다.

2022년 12월

북한강변 서재에서

참고문헌

- 카렌 브르멘탈, 「Steve Jobs The Man Who Thought Different」, Bloomsbury UK, 2012.
- 루이제 린저, 「삶의 한 가운데」, 민음사, 1999.
- 박노해, 시집 「사람만이 희망이다」, 느린걸음, 2021.
- 칼릴 지브란(Kahlil Gibran), 「명상록 예언자」 미르북컴퍼니, 2012.
- 이 채, 「아버지의 눈물」, 오디오북.
- 작자미상, 「아버지란…」, 년도미상.
- 폴 호켄, 「축복받은 불안」, 에이지 21, 2009.
- 이남규 작가, 드라마 「눈이 부시게」, 3월 JTBC방영, 2019.
- 도종환, 「당신은 누구십니까」, 창비, 1999.
- 유계영, 「이런 얘기는 좀 어지러운가」, 문학동네, 2019.
- 박효신 김지향, 「야생화」, 7집 앨범, 2014.
- 김정한, 「멀리 있어도 사랑이다」, BG북갤러리, 2008.
- 기형도, 「입속의 검은 잎」, 문학과 지성사, 2000.
- 전우익 「혼자만 잘살믄 무슨 재민겨」, 현암사, 2017. 11. 30.

♣ 인물과 사전, 지은이, 연도, 그 외 출처 불명의 자료 등은 브래태니커 백과사전, 위키디피아, 네이버, 다음의 백과사전을 참조했음.